TRANZLATY

El idioma es para todos

زبان برای همه است

Las Aventuras de Alicia en el País de las Maravillas

ماجراهای آلیس در سرزمین عجایب

Lewis Carroll

لوئیس کارول

Español / فارسی

Published by Tranzlaty
ISBN: 978-1-83566-879-5
Original text: Alice's Adventures in Wonderland
by Lewis Carroll (1865)
Abridged by Sam'l Gabriel Sons (1916)
www.tranzlaty.com

Por la madriguera del conejo
پایین سوراخ خرگوش

Alicia empezaba a cansarse mucho

آلیس داشت خیلی خسته می شد

Estaba sentada junto a su hermana en el banco de hierba

او در کنار خواهرش در ساحل چمن نشسته بود

Pero ella no tenía nada que hacer

اما او هیچ کاری برای انجام دادن نداشت

Su hermana estaba leyendo un libro

خواهرش داشت کتاب می خواند

una o dos veces Alicia echó un vistazo al libro

یکی دو بار آلیس به کتاب نگاه کرد

Pero el libro no contenía imágenes ni conversaciones

اما کتاب هیچ عکس یا مکالمه ای در آن نداشت

«¿De qué sirve un libro sin imágenes?», pensó Alicia

« کتاب بدون عکس چه فایده ای دارد؟» :آلیس فکر کرد

"¿Por qué un libro no tendría conversaciones?"

" چرا یک کتاب هیچ مکالمه ای ندارد؟ "

Pero tenía otras cosas que considerar

اما او چیزهای دیگری برای در نظر گرفتن داشت

"Hacer una cadena de margaritas sería un placer"

" ساختن زنجیره ای از گل مروارید لذت بخش خواهد بود "

"¿Pero vale la pena el esfuerzo de levantarse y recoger las margaritas?"

"اما آیا ارزش تلاش برای بلند شدن و چیدن گل مروارید را دارد؟؟ "

No era tan fácil pensar en esto

فکر کردن به این موضوع چندان آسان نبود

porque el día la estaba haciendo sentir somnolienta y estúpida

چون روز باعث می شد او احساس خواب آلودگی و احمقی کند

Pero de repente sus pensamientos se vieron interrumpidos

اما ناگهان افکارش قطع شد

un conejo blanco de ojos rosados corrió cerca de ella

یک خرگوش سفید با چشمان صورتی نزدیک او دوید

No había nada demasiado notable en el conejo

هیچ چیز بیش از حد قابل توجهی در مورد خرگوش وجود نداشت

y Alicia tampoco pensó que el conejo fuera notable

و آلیس فکر نمی کرد که خرگوش قابل توجه باشد

ni le extrañó que el Conejo hablara

همچنین وقتی خرگوش صحبت می کرد او را شگفت زده نکرد

"¡Oh, Dios mío! ¡Llegaré demasiado tarde!", se dijo a sí mismo

"اوه عزیزم ‏إمن خیلی دیر خواهم شد »إاو با خود گفت

pero entonces el Conejo hizo algo que los conejos no hacían

اما بعد خرگوش کاری کرد که خرگوش ها انجام ندادند

el Conejo sacó un reloj del bolsillo de su chaleco

خرگوش ساعتی را از جیب جلیقه اش بیرون آورد

Miró la hora y luego se apresuró a seguir adelante

او به زمان نگاه کرد و سپس با عجله ادامه داد

Alicia se puso en pie, asombrada

آلیس با تعجب روی پاهایش ایستاد

¡Nunca antes había visto un conejo con chaleco!

او قبلا هرگز خرگوش با جلیقه ندیده بود !

¡Tampoco había visto nunca un conejo con reloj!

و هرگز خرگوشی با ساعت ندیده بود !

Alicia ardía con una nueva curiosidad

آلیس با کنجکاوی جدیدی می سوخت .

y corrió por el campo tras el Conejo

و او به دنبال خرگوش در سراسر مزرعه دوید

Llegó justo a tiempo para ver desaparecer al conejo

او درست به موقع بود تا ناپدید شدن خرگوش را ببیند

El conejo saltó a una gran madriguera

خرگوش به داخل یک سوراخ بزرگ خرگوش پرید

¡En otro momento, Alicia bajó detrás del conejo!

در یک لحظه دیگر ، آلیس به دنبال خرگوش رفت !

La madriguera del conejo seguía recto como un túnel

سوراخ خرگوش مستقیم مانند یک تونل پیش می رفت

Y el túnel siguió avanzando a cierta distancia

و تونل تا مسافتی ادامه داد

Y entonces el camino de repente se hundió

و سپس مسیر ناگهان پایین آمد

Alicia no tuvo ni un momento para pensar en detenerse

آلیس لحظه ای نداشت که به متوقف کردن خودش فکر کند

Se encontró a sí misma cayendo y abajo y abajo

او خود را در حال افتادن و پایین و پایین یافت

Parecía como si hubiera caído en un pozo muy profundo

به نظر می رسید که او در یک چاه بسیار عمیق افتاده است

O el pozo era muy profundo, o ella caía muy lentamente

یا چاه خیلی عمیق بود یا خیلی آهسته سقوط کرد

porque tenía tiempo de sobra para caer

چون او زمان زیادی برای افتادن داشت

Mientras caía, podía mirar a su alrededor

همانطور که داشت در حال سقوط بود می توانست به اطرافش نگاه کند

Primero, trató de averiguar a dónde iba

ابتدا سعی کرد بفهمد کجا می رود

Pero el pozo estaba demasiado oscuro para ver nada

اما چاه تاریک تر از آن بود که چیزی ببیند

Luego miró a los lados del pozo

سپس به کناره های چاه نگاه کرد

Y se dio cuenta de que había armarios a su alrededor

و متوجه شد که کمدهایی در اطراف او وجود دارد

y alrededor del pozo había estanterías de libros

و در اطراف چاه قفسه های کتاب بود

Aquí y allá veía mapas y cuadros colgados de perchas

اینجا و آنجا نقشه ها و عکس هایی را می دید که روی گیره ها آویزان شده بودند

Al pasar, bajó un frasco de una de las estanterías

او هنگام عبور یک شیشه را از یکی از قفسه ها پایین آورد

El frasco estaba etiquetado por su contenido

شیشه به دلیل محتوای آن برچسب گذاری شده بود

"MERMELADA DE NARANJAS"

"مارمالاد ساخته شده از پرتقال"

Pero, para su gran decepción, el frasco de mermelada estaba vacío

اما، در کمال ناامیدی او، کوزه مارمالاد خالی بود

No quería dejar caer el tarro de mermelada vacío

او نمی خواست شیشه خالی مارمالاد را رها کند

y su caída fue muy lenta

و سقوط او بسیار آهسته بود

Así que se las arregló para poner el frasco de mermelada en uno de los armarios

بنابراین او موفق شد شیشه مارمالاد را در یکی از کمدها بگذارد

¡Abajo, abajo, abajo, ella cae!

پایین، پایین، پایین او می افتد !

¿Llegaría alguna vez la caída a su fin?

آیا سقوط هرگز به پایان می رسد؟

No había nada más que hacer

کار دیگری برای انجام دادن وجود نداشت

así que Alicia pronto empezó a hablar consigo misma

بنابراین آلیس به زودی شروع به صحبت با خودش کرد

—¡Dinah me echará mucho de menos esta noche, creo!

"دینا امشب خیلی دلتنگ من خواهد شد، باید فکر کنم "!

Dinah era la gata de Alicia

دینا گربه آلیس بود

"Espero que se acuerden de su plato de leche a la hora del té"

"امیدوارم آنها نعلبکی شیرش را در زمان چای به یاد بیاورند "

—¡Dinah, querida, desearía que estuvieras aquí abajo
conmigo!

»دینا، عزیزم، ای کاش اینجا با من بودی «!

Alicia sintió que se estaba quedando dormida

آلیس احساس کرد که دارد چرت می زند

Y de repente, ¡pum! ¡golpe!

و سپس ناگهان، کوبید !کوبید !

Cayó sobre un montón de palos

او روی توده ای از چوب ها افتاد

y aterrizó sobre un montón de hojas secas

و روی انبوهی از برگ های خشک فرود آمد

Y finalmente la larga caída por el agujero había terminado

و بالاخره سقوط طولانی از سوراخ تمام شد

Alicia no estaba herida en lo más mínimo

آلیس ذره ای آسیب ندید

Y se levantó de un salto en un momento

و او در عرض یک لحظه از جا پرید

Alzó la vista, pero todo estaba oscuro sobre su cabeza

او به بالا نگاه کرد، اما همه چیز بالای سرش تاریک بود

Frente a ella había otro largo pasillo

جلوی او یک راهرو طولانی دیگر بود

y el Conejo Blanco seguía a la vista

و خرگوش سفید هنوز در دید بود

Corría por el pasillo

او با عجله به سمت راهرو می رفت

No había un momento que perder

لحظه ای برای از دست دادن وجود نداشت

Alicia salió corriendo como el viento

خاموش دوید آلیس مثل باد

A la vuelta de la esquina giró el conejo

در گوشه ای خرگوش چرخید

Llegó justo a tiempo para oír al conejo

او درست به موقع بود تا صدای خرگوش را بشنود .

"Oh, mis orejas y bigotes"

"آه، گوش ها و سبیل های من "

"¡Qué tarde se está haciendo!"

"چقدر دیر شده است "!

Estaba muy cerca del conejo

او نزدیک پشت سر خرگوش بود

Dobló otra esquina

او به گوشه دیگری برگشت

pero el Conejo ya no se dejaba ver

اما خرگوش دیگر دیده نمی شد

Se encontró en un pasillo largo y bajo

او خود را در یک سالن بلند و کم ارتفاع یافت

La sala estaba iluminada por una hilera de lámparas de techo

سالن با ردیفی از لامپ های سقفی روشن شده بود

Había puertas por todo el pasillo

درهایی در اطراف سالن وجود داشت

pero todas las puertas estaban cerradas con llave

اما همه درها قفل بودند

Caminó por un lado del pasillo

او تمام راه را از یک طرف راهرو پایین رفت

Y ella había caminado todo el camino hasta el otro lado de la sala

و او تمام راه را از آن طرف راهرو بالا رفته بود

Había intentado todas las puertas

او هر دری را امتحان کرده بود

Y caminó tristemente por el centro del pasillo

و او با ناراحتی از وسط راهرو قدم زد

"¿Cómo voy a volver a salir?"

"چطور می خواهم دوباره بیرون بیایم؟ "

De repente se encontró con una mesita

ناگهان به میز کوچکی برخورد کرد

La mesa estaba hecha completamente de vidrio macizo

میز کاملا از شیشه جامد ساخته شده بود

No había nada sobre la mesa, excepto una pequeña llave dorada

چیزی روی میز نبود جز یک کلید طلایی کوچک

¡La llave podría pertenecer a una de las puertas!

کلید ممکن است متعلق به یکی از درها باشد !

Pero, ¡ay! Algunas de las cerraduras eran demasiado grandes para las llaves

اما، افسوس !برخی از قفل ها برای کلیدها خیلی بزرگ بودند

y para las otras cerraduras la llave era demasiado pequeña

و برای قفل های دیگر کلید خیلی کوچک بود

Pero, en cualquier caso, la llave no abrió ninguna de las puertas

اما، به هر حال، کلید هیچ یک از درها را باز نکرد

Pero, ¿qué iba a hacer ella?

اما او باید چه کار می کرد؟

Volvió a atravesar el pasillo

او دوباره از سالن عبور کرد

Y esta vez se fijó en una cortina baja

و این بار متوجه پرده ای کم شد

Detrás de la cortina había una puertecita

پشت پرده در کوچکی بود

La puerta tenía unos quince centímetros de alto

در حدود پانزده اینچ ارتفاع داشت

Probó la pequeña llave dorada en la cerradura

او کلید طلایی کوچک قفل را امتحان کرد

Y para su gran deleite, ¡la llave encajó en la cerradura!

و در کمال خوشحالی او، کلید در قفل قرار گرفت !

Alicia abrió la puerta

آلیس در را باز کرد

Y encontró que la puerta daba a un pequeño pasillo

و متوجه شد که در به راهروی کوچکی منتهی می شود

El corredor no era mucho más grande que una madriguera de ratas

راهرو خیلی بزرگتر از یک سوراخ موش نبود

Se arrodilló y miró a lo largo del pasillo

زانو زد و به راهرو نگاه کرد

Y ella vio el jardín más hermoso que jamás hayas visto

و او زیباترین باغی را دید که تا به حال دیده اید

¡Cómo anhelaba salir de ese oscuro salón

چقدر آرزو داشت از آن سالن تاریک خارج شود

cómo quería vagar entre esas flores brillantes

چقدر می خواست در میان آن گل های روشن پرسه بزند

¡Qué genial se veían esas fuentes

آن فواره ها چقدر باحال به نظر می رسیدند

Pero ni siquiera podía meter la cabeza por la puerta

اما او حتی نمی توانست سرش را از در عبور دهد

-¡Oh! -exclamó Alicia con tristeza-

« اوه »: آلیس با اندوه گفت

"¡Cómo desearía poder plegarme como un telescopio!"

"! چقدر آرزو می کنم که می توانستم مثل تلسکوپ جمع شوم "

"Creo que podría plegarme como un telescopio"

" فکر می کنم می توانم مثل یک تلسکوپ جمع شوم "

"Si supiera cómo empezar"

" اگر فقط می دانستم چگونه شروع کنم "

Alicia volvió a la mesa

آلیس به میز برگشت

Existía la posibilidad de encontrar otra llave

شانس پیدا کردن کلید دیگری وجود داشت

O podría haber un libro de reglas

یا ممکن است کتابی از قوانین وجود داشته باشد

El libro podría decirle cómo plegarse como un telescopio

کتاب می تواند به او بگوید که چگونه مانند تلسکوپ تا شود

Esta vez encontró una botellita

این بار او یک بطری کوچک پیدا کرد

—Esta botella no estaba aquí antes —dijo Alicia—

آلیس گفت" :این بطری مطمئناً قبلاً اینجا نبود

y atada alrededor del cuello de la botella había una etiqueta
de papel

و دور گردن یک بطری برچسب کاغذی بسته شده بود

La etiqueta estaba bellamente impresa en letras grandes

برچسب به زیبایی با حروف بزرگ چاپ شده بود

"BÉBEME"

"مرا بنوش "

—No, miraré primero —dijo ella—

او گفت» :نه، اول نگاه می کنم

"Veré si la botella está marcada como venenosa o no"

"من می بینم که آیا بطری به عنوان سمی علامت گذاری شده است یا
نه، "

porque nunca olvidó la lección sobre el veneno

زیرا او هرگز درس زهر را فراموش نکرد

"Si una botella está etiquetada como venenosa, es probable
que no esté de acuerdo contigo"

"اگر یک بطری برچسب سمی داشته باشد، مطمئناً با شما مخالف است "

Sin embargo, esta botella no estaba marcada como venenosa

با این حال، این بطری به عنوان سمی مشخص نشده بود

así que Alicia se aventuró a probar el contenido de la botella

بنابراین آلیس جرأت کرد محتوای بطری را بچشد

Encontró el líquido bastante de su agrado

او مایع را کاملاً به دلخواه خود یافت

La bebida tenía una especie de sabor mezclado

این نوشیدنی نوعی طعم مخلوط داشت

tarta de cerezas, natillas y piña

تارت گیلاس، کاستارد و آناناس

Pavo asado, caramelo y tostadas con mantequilla caliente

بوقلمون، تافی و نان تست با کره داغ

Y pronto acabó la botella

و او به زودی بطری را تمام کرد

-¡Qué sensación tan curiosa! -exclamó Alicia-

آلیس گفت» :چه احساس عجیبی «!

"¡Me estoy pliegando como un telescopio!"

"من مثل تلسکوپ جمع می شوم "!

¡Y se estaba pliegando como un telescopio!

و او واقعا مثل یک تلسکوپ جمع شده بود !

Ahora solo medía diez pulgadas de alto

او اکنون فقط ده اینچ قد داشت

y su rostro se iluminó con sus pensamientos

و صورتش از افکارش روشن شد

Ahora ella tenía el tamaño adecuado para la pequeña puerta

حالا او اندازه مناسبی برای در کوچک بود

Ahora podía entrar en ese hermoso jardín

حالا او می توانست به آن باغ دوست داشتنی برود

Pronto dejó de hacerse más pequeña

به زودی او دیگر کوچک تر نشد

Decidió ir al jardín de inmediato

او تصمیم گرفت فورا به باغ برود

pero, ¡ay de la pobre Alicia!

اما، افسوس، برای آلیس بیچاره !

Llegó a la puerta

او به در رسید

Pero había olvidado la pequeña llave de oro

اما او کلید طلایی کوچک را فراموش کرده بود

Volvió a la mesa en busca de la llave

او به میز برگشت تا کلید را بگیرد

Pero se dio cuenta de que no podía llegar lo suficientemente alto

اما متوجه شد که نمی تواند به اندازه کافی بالا برود

Podía ver la llave claramente a través del cristal

او می توانست کلید را به وضوح از طریق شیشه ببیند

Trató de trepar por las patas de la mesa

سعی کرد از پاهای میز بالا برود

Pero el cristal era demasiado resbaladizo

اما شیشه خیلی لغزنده بود

Con el tiempo se cansó de intentarlo

سرانجام او با تلاش خود را خسته کرد

Y la pobre niña se sentó y lloró

و دختر کوچک بیچاره نشست و گریه کرد

Alicia se habló a sí misma con bastante brusquedad

آلیس با خودش نسبتا تند صحبت کرد

"¡Vamos, no sirve de nada llorar así!"

"بیا، گریه کردن اینطور فایده ای ندارد"!

"¡Te aconsejo que te detengas ahora mismo!"

"من به شما توصیه می کنم همین لحظه متوقف شوید"!

En general, se daba muy buenos consejos

او به طور کلی به خودش توصیه های بسیار خوبی می کرد

aunque muy rara vez seguía sus propios consejos

اگرچه او به ندرت از توصیه های خود پیروی می کرد

Y a veces era demasiado dura consigo misma

و گاهی اوقات بیش از حد با خودش خشن بود

y sus palabras hicieron que se le llenaran los ojos de lágrimas

و حرف هایش اشک در چشمانش آورد

Pronto sus ojos se posaron en una cajita de cristal

به زودی چشمش به یک جعبه شیشه ای کوچک افتاد

La cajita de cristal estaba debajo de la mesa

جعبه شیشه ای کوچک زیر میز افتاده بود

En la caja de cristal había un pastel muy pequeño

در جعبه شیشه ای یک کیک بسیار کوچک بود

En el pastel, algunas palabras estaban bellamente escritas

روی کیک چند کلمه به زیبایی نوشته شده بود

Las palabras habían sido marcadas con grosellas

کلمات با توت علامت گذاری شده بودند

"CÓMEME"

"مرا بخور"

—Bueno, me comeré el pastel —dijo Alicia—

آلیس گفت» :خوب، من کیک را می خورم

"y si el pastel me hace crecer, puedo llegar a la llave"

"و اگر کیک باعث بزرگتر شدن من شود، می توانم به کلید برسم "

"y si el pastel me hace más pequeño, puedo arrastrarme por debajo de la puerta"

"و اگر کیک باعث کوچکتر شدن من شود، می توانم زیر در بخزم "

"así que de cualquier manera me meteré en el jardín"

"بنابراین در هر صورت من وارد باغ می شوم "

"¡Y no me importa cuál de los dos suceda!"

"و من اهمیتی نمی دهم که کدام یک از این دو اتفاق می افتد "!

Se comió un pedacito del pastel

او کمی از کیک را خورد

Y se habló a sí misma con ansiedad:

و با نگرانی با خود صحبت کرد :

—¿De qué manera? ¿Hacia dónde?

»کدام طرف؟ کدام طرف؟ "

Y se llevó la mano a la cabeza

و دستش را روی سرش گرفت

Quería sentir de qué manera estaba creciendo

او می خواست احساس کند که به کدام سمت رشد می کند

Se sorprendió bastante al descubrir lo que había sucedido

او از اینکه متوجه شد چه اتفاقی افتاده بود کاملا شگفت زده شد

¡Había permanecido del mismo tamaño!

او در همان اندازه باقی مانده بود !

Así que esta vez redobló sus esfuerzos

بنابراین این بار او تلاش خود را دو برابر کرد

Y pronto terminó todo el pastel

و به زودی کل کیک را تمام کرد

El charco de lágrimas

حوض اشک

-¡Esto se está poniendo cada vez más interesante! -exclamó Alicia-

"این بیشتر و جالب تر می شود "!آلیس فریاد زد

Se puede ver que estaba muy sorprendida

می بینید که او بسیار شگفت زده شده بود

"¡Me estoy abriendo como el telescopio más grande que jamás haya existido!"

"من مانند بزرگترین تلسکوپی که تا به حال وجود داشته است باز می کنم"!

—¡Adiós, pies! ¡Oh, mis pobres piecitos!

"خداحافظ، پاها !آه، پاهای کوچک بیچاره من"

"Me pregunto quién se pondrá sus zapatos por ustedes ahora, queridos".

"من تعجب می کنم که الان چه کسی کفش های شما را برای شما می پوشد، عزیزان؟"

—¿Y me pregunto quién se pondrá las medias?

»و من تعجب می کنم که چه کسی جوراب های شما را می پوشد؟«

"Estaré demasiado lejos"

"من خیلی خیلی دور خواهم بود"

"No podré preocuparme más por ti"

"من دیگر نمی توانم خودم را در مورد تو به دردسر بیندازم"

Justo en ese momento su cabeza golpeó contra algo

درست در این لحظه سرش به چیزی برخورد کرد

Había llegado al techo de la sala

او به پشت بام سالن رسیده بود

De hecho, ahora medía más de dos metros de altura

در واقع، او اکنون بیش از دو متر قد داشت

Y al instante tomó la pequeña llave de oro

و او فورا کلید طلایی کوچک را برداشت

Y se apresuró a llegar a la puerta del jardín

و با عجله به سمت در باغ رفت

¡Pobre Alicia! No había mucho que pudiera hacer

بیچاره آلیس !کار زیادی نمی توانست انجام دهد

Se acostó de lado

او به یک طرف دراز کشید

Y miró al jardín con un ojo

و با یک چشم به باغ نگاه کرد

Pero salir adelante era más desesperado que nunca

اما عبور از همیشه ناامیدکننده تر از همیشه بود

Se sentó y comenzó a llorar de nuevo

او نشست و دوباره شروع به گریه کرد

Siguió derramando galones de lágrimas

او به ریختن گالن اشک ادامه داد

Pronto había un gran estanque a su alrededor

به زودی یک استخر بزرگ در اطراف او وجود داشت

Y el agua llegaba hasta la mitad del pasillo

و آب به نیمه راه سالن رسید

Al cabo de un rato, oyó un pequeño golpeteo de pies

پس از مدتی، صدای کمی تق تق پاها را شنید

Oyó los pasos que venían de lejos

او صدای پاها را از دور شنید

Y se secó los ojos apresuradamente para ver lo que venía

و با عجله چشمانش را خشک کرد تا ببیند چه چیزی در راه است

Era el Conejo Blanco que regresaba

این خرگوش سفید بود که در حال بازگشت بود

Iba espléndidamente vestido

او لباس های باشکوهی پوشیده بود

Tenía un par de guantes blancos en una mano

او یک جفت دستکش سفید در یک دست داشت

y tenía un gran abanico de plumas en la otra mano

و او یک بادبزن پر بزرگ در دست دیگر داشت

Llegó trotando a toda prisa

او با عجله زیادی با یورتمه به جلو آمد

y murmuró para sí: "¡Oh! ¡La duquesa, la duquesa!

و با خود زمزمه کرد: «آه! دوشس، دوشس»!

—¡Oh! ¡No será salvaje si la he hecho esperar!

«اوه! آیا او وحشی نخواهد بود اگر او را منتظر نگه داشته باشم»!

Cuando el Conejo se acercó a ella, Alicia habló

وقتی خرگوش به او نزدیک شد، آلیس صحبت کرد

Pero ella hablaba en voz baja y tímida

اما او با صدایی آهسته و ترسو صحبت کرد

"Señor, por favor, deje de hacer lo que está haciendo por un momento"

"آقا، لطفا برای یک لحظه کاری را که انجام می دهید متوقف کنید"

El Conejo se sobresaltó violentamente

خرگوش به شدت وحشت زده شد

Dejó caer los guantes blancos y el abanico de plumas

دستکش های سفید و پنکه پر را انداخت

Y se escabulló en la oscuridad lo más rápido que pudo

و او به سرعت هر چه می توانست به تاریکی دوید

Alicia recogió el abanico de plumas y los guantes

آلیس پنکه پر و دستکش را برداشت

Y no paraba de abanicarse mientras seguía hablando

و در حالی که به صحبت کردن ادامه می داد، خودش را باد می زد

"¡Querido, querido! ¡Qué extraño es todo hoy!"

»عزیزم، عزیزم! امروز چقدر همه چیز عجیب است!«

"Ayer las cosas siguieron como siempre"

"دیروز همه چیز طبق معمول پیش رفت"

—¿Era yo el mismo cuando me levanté esta mañana?

"آیا من هم همینطور بودم که امروز صبح از خواب بیدار شدم؟"

"Pero si no soy el mismo, hay otra cuestión"

"اما اگر من مثل قبل نباشم، سوال دیگری وجود دارد"

"¿Quién demonios soy yo?"

"من در دنیا کی هستم؟"

"¡Ah, ese es el gran rompecabezas!"

!"آه، این پازل بزرگ است"

Al decir esto, se miró las manos

همانطور که این را می گفت، به دستانش نگاه کرد

Llevaba uno de los Conejos, gusanos blancos

او یکی از دستکش های سفید کوچک خرگوش را پوشیده بود

No se había dado cuenta de que se había puesto el guante mientras hablaba

او متوجه نشده بود که هنگام صحبت کردن دستکش را پوشیده است

"¿Cómo pude haber hecho eso?", pensó

»او فکر کرد» :چطور می توانستم این کار را انجام دهم؟«

"Debo estar haciéndome pequeño otra vez"

"من باید دوباره کوچک شوم"

Se levantó y se acercó a la mesa para medir su altura

بلند شد و به سمت میز رفت تا قدش را بسنجد

Descubrió que ahora medía aproximadamente medio metro de altura

او متوجه شد که اکنون حدود نیم متر قد دارد

Y ella seguía encogiéndose rápidamente

و او هنوز به سرعت کوچک می شد

Pronto descubrió cuál era la causa del encogimiento

او به زودی متوجه شد که علت کوچک شدن چیست

¡El abanico de plumas la estaba haciendo más pequeña de nuevo!

پنکه پر دوباره او را کوچکتر می کرد!

Y dejó caer el abanico de plumas apresuradamente

و بادبزن پر را با عجله رها کرد

Dejó caer el abanico de plumas justo a tiempo para salvarse

او پنکه پر را به موقع رها کرد تا خودش را نجات دهد

Si se hubiera abanicado por más tiempo, se habría encogido por completo

اگر دیگر خودش را باد می زد، کاملا کوچک می شد

-¡Ha sido una fuga por los pelos! -dijo Alicia-

آلیس گفت» :این یک فرار باریک بود«!

Y se asustó mucho ante el cambio repentino

و او از این تغییر ناگهانی بسیار ترسیده بود

pero estaba muy contenta de encontrarse todavía en existencia

اما او بسیار خوشحال بود که هنوز وجود دارد

—¡Y ahora, al jardín!

»و حالا، به باغ«!

Y corrió a toda prisa hacia la puertecita

و با تمام سرعت به سمت در کوچک دوید

Pero, ¡ay! La puertecita se cerró de nuevo

اما، افسوس !در کوچک دوباره بسته شد

Y la pequeña llave de oro volvía a estar sobre la mesa de cristal

و کلید طلایی کوچک دوباره روی میز شیشه ای دراز کشیده بود

"Las cosas están peor que nunca", pensó el pobre niño

کودک بیچاره فکر کرد» :اوضاع بدتر از همیشه است

"Nunca antes había sido tan pequeño como esto, ¡nunca!"

"من قبلا هرگز به این اندازه کوچک نبودم، هرگز"!

Al decir estas palabras, su pie resbaló

همانطور که این کلمات را می گفت، پایش لیز خورد

¡Y en otro momento hubo un gran chapoteo!

و در لحظه ای دیگر صدای زیادی به صدا درآمد!

Estaba sumergida en agua salada hasta la barbilla

او تا چانه اش در آب نمک بود

Su primera idea fue que de alguna manera había caído al mar

اولین ایده او این بود که به نوعی در دریا افتاده است

Sin embargo, pronto se dio cuenta de en qué estaba metida

با این حال، او به زودی متوجه شد که در چه چیزی است

Estaba en un charco de lágrimas

او در حوضچه ای از اشک بود

las lágrimas que había llorado cuando tenía dos metros de altura

اشک هایی که وقتی دو متر قد داشت گریه کرده بود

Justo en ese momento escuchó algo

درست در همان لحظه چیزی شنید

Algo chapoteaba en la piscina

چیزی در استخر پاشیده می شد

El chapoteo venía de un poco más lejos

پاشیدن از کمی دور آمد

Y se acercó nadando para ver qué era el chapoteo

و نزدیکتر شنا کرد تا ببیند پاشیدن چیست

Pronto vio que era solo un ratoncito

او به زودی دید که فقط یک موش کوچک است

El ratoncito también se había metido en el agua

موش کوچولو نیز به داخل آب لیز خورده بود

Alicia pensó para sí misma sobre la situación

آلیس با خودش در مورد وضعیت فکر کرد

—¿Serviría de algo hablar con este ratón?

»آیا صحبت کردن با این موش فایده ای دارد؟«

"Aquí todo está tan al revés"

"همه چیز اینجا خیلی وارونه است"

"Creo que es muy probable que este ratón pueda hablar"

"من باید فکر کنم به احتمال زیاد این موش می تواند صحبت کند"

"En cualquier caso, no hay nada de malo en intentarlo"

"به هر حال، تلاش کردن ضرری ندارد"

Así que empezó a tratar de hablar con el ratón

بنابراین او شروع به تلاش برای صحبت با موش کرد

"Oh Ratón, ¿conoces la forma de salir de esta piscina?"

"اوه موش، راه خروج از این استخر را می دانی؟"

—¡Estoy muy cansado de nadar por aquí, oh ratón!

"من از شنا کردن اینجا خیلی خسته شده ام، اوه موش"!

El ratón la miró con curiosidad

موش با کنجکاوی به او نگاه کرد

El ratón parecía guiñar un ojo con uno de sus ojitos

به نظر می رسید موش با یکی از چشمان کوچکش چشمک می زند

Pero el ratoncito no dijo nada

اما موش کوچولو چیزی نگفت

"A lo mejor el ratón no entiende inglés", pensó Alicia

آلیس فکر کرد» :شاید موش انگلیسی نمی فهمد

"Me atrevo a decir que es un ratón francés"

"به جرات می توانم بگویم که این یک موش فرانسوی است"

"tal vez este ratón vino con Guillermo el Conquistador"

"شاید این موش با ویلیام فاتح آمده است"

Así que empezó de nuevo, en francés

بنابراین او دوباره به زبان فرانسوی شروع کرد

"¿Dónde está mi gato?", preguntó en francés

"گربه من کجاست؟" "او به فرانسوی پرسید.

era la primera frase de su libro de clases de francés

این اولین جمله در کتاب درس فرانسوی او بود

El Ratón dio un súbito salto fuera del agua

موش به طور ناگهانی از آب بیرون پرید

y el ratón pareció temblar de miedo

و به نظر می رسید موش از ترس می لرزد

-¡Oh, le ruego que me perdone! -exclamó Alicia apresuradamente-

»اوه، من از شما عذرخواهی می کنم «آلیس با عجله فریاد زد

Temía haber herido los sentimientos del pobre animal

او می ترسید که احساسات حیوان بیچاره را جریحه دار کرده باشد

"Olvidé que no te gustaban los gatos"

"من کاملا فراموش کردم که تو گربه ها را دوست نداشتی"

—¡No me gustan los gatos! —exclamó el ratón con voz estridente y apasionada—

موش با صدایی خشن و پرشور فریاد زد» :من گربه ها را دوست ندارم«!

—¿Te gustaría tener gatos, si fueras yo?

"آیا گربه می خواهی، اگر من بودی؟"

Alicia consoló al ratón en un tono tranquilizador

آلیس با لحنی آرامش بخش موش را آرام کرد

"Bueno, tal vez a mí tampoco me gustarían los gatos si fuera tú"

"خوب، شاید اگر من جای تو بودم گربه ها را دوست نداشتم"

"Por favor, no te enfades por la mención de los gatos"

"لطفا از ذکر گربه ها عصبانی نباشید"

"Y, sin embargo, desearía poder mostrarte a nuestra gata Dinah"

"و با این حال آرزو می کنم که می توانستم گربه مان دینا را به شما نشان دهم"

"Si la conocieras, creo que te encapricharías de los gatos"

"اگر او را ملاقات می کردید، فکر می کنم به گربه ها علاقه مند می شدید"

"Si tan solo pudieras verla"

"اگر فقط می توانستی او را ببینی"

"Es una cosa tan querida y tranquila"

"او یک چیز عزیز و ساکت است"

El ratón temblaba por todas partes

موش همه جا می لرزید

Alicia estaba segura de que el ratón debía de estar realmente ofendido

آلیس مطمئن بود که موش واقعا آزرده شده است

"No hablaremos más de ella, si prefieres no hacerlo"

"اگر ترجیح می دهید دیگر در مورد او صحبت نخواهیم کرد"

-¡Nosotros, en efecto! -exclamó el Ratón-

موش فریاد زد» :ما، واقعا«!

El ratón temblaba hasta la punta de la cola

موش تا انتهای دمش می لرزید

—¡Como si fuera a hablar de un tema así!

»انگار در مورد چنین موضوعی صحبت می کنم«!

"Nuestra familia siempre odió a los gatos"

"خانواده ما همیشه از گربه ها متنفر بودند"

"Gatos; ¡Cosas desagradables, bajas, vulgares!"

"گربه ها .چیزهای زننده، و مبتذل«!

"¡No dejes que vuelva a escuchar el nombre!"

"اجازه ندهید دوباره نام را بشنوم"!

-¡No volveré a hablar de los gatos! -dijo Alicia-

آلیس گفت» :من واقعا دیگر از گربه ها نام نمی برم«!

Tenía mucha prisa por cambiar de tema

او خیلی عجله داشت که موضوع را تغییر دهد

"¿Eres tú... ¿Te gustan los perros?

"آیا شما ...آیا شما به سگ علاقه دارید؟"

"Hay un perrito tan simpático cerca de nuestra casa"

"یک سگ کوچک خوب نزدیک خانه ما وجود دارد،"

—¡Me gustaría enseñarte el perrito!

»می خواهم سگ کوچولو را به شما نشان دهم«!

"Este perrito mata a todas las ratas y...

"این سگ کوچک همه موش ها را می کشد و...

-¡Oh, querida! -exclamó Alicia en tono triste-

»آه، عزیزم «!آلیس با لحنی غمگین فریاد زد

"¡Me temo que te he ofendido de nuevo!"

"می ترسم دوباره به تو توهین کرده باشم"!

El ratón se alejaba nadando de ella tan rápido como podía

موش با سرعتی که می توانست از او دور می شد

y el ratón hizo un gran alboroto en la piscina

و موش در استخر هیاهو کرد

Así que llamó suavemente al ratón

بنابراین او به آرامی موش را صدا زد

"¡Mi querido ratón, por favor vuelve!"

"موش عزیزم، لطفا برگرد"!

"Y no hablaremos de gatos"

"و ما در مورد گربه ها صحبت نمی کنیم"

"Y tampoco tenemos que hablar de perros"

"و ما مجبور نیستیم در مورد سگ ها نیز صحبت کنیم"

Cuando el ratón escuchó esto, se dio la vuelta

وقتی موش این را شنید، برگشت

Y el ratoncito nadó lentamente de regreso a ella

و موش کوچولو به آرامی به سمت او شنا کرد

La cara del ratón estaba bastante pálida

صورت موش کاملا رنگ پریده بود

Y el ratón habló, en voz baja y temblorosa

و موش با صدایی آهسته و لرزان صحبت کرد

"Vamos a la orilla"

"بگذار به ساحل برسیم"

"y luego te contaré mi historia"

"و سپس تاریخچه ام را به شما می گویم"

"y entenderás por qué odio a los gatos y a los perros"

"و شما خواهید فهمید که چرا من از گربه ها و سگ ها متنفرم"

Ya era hora de partir

زمان رفتن فرا رسیده بود

porque la piscina se estaba llenando bastante

چون استخر کاملا شلوغ می شد

Otros pájaros y animales habían caído en el estanque

پرندگان و حیوانات دیگر در استخر افتاده بودند

había un pato y un dodo

یک اردک و یک دودو وجود داشت

y había un pájaro lori y un aguilucho

و یک پرنده لوری و یک عقاب وجود داشت

Y había varias otras criaturas de aspecto interesante

و چندین موجود جالب دیگر نیز وجود داشتند

Alicia abrió el camino para salir de la piscina

آلیس راه خروج از استخر را هدایت کرد

Y todo el grupo de animales nadó hasta la orilla

و تمام گروه حیوانات به ساحل شنا کردند

Una carrera de caucus y una larga cola

یک مسابقه حزبی و یک دم بلند

De hecho, eran un grupo de animales de aspecto gracioso

آنها در واقع یک دسته حیوانات خنده دار بودند

Y todos se reunieron a la orilla del agua

و همه آنها در ساحل آب جمع شدند

Todos los pájaros tenían las plumas desaliñadas

پرندگان همگی پرهای آویزان داشتند

y los animales peludos estaban empapados

و حیوانات پشمالو خیس شدند

y todos estaban empapados, molestos e incómodos

و همه خیس ، آزرده و ناراحت کننده بودند

Había una pregunta que había que responder primero

یک سوال وجود داشت که باید به آن ابتدا پاسخ داده می شد

¿Cuál es la mejor manera de que todos se sequen?

بهترین راه برای خشک شدن همه چیست؟

Tuvieron una consulta sobre este asunto

آنها در این مورد مشورت کردند

Pronto todos se sintieron en términos familiares

به زودی همه آنها با شرایط آشنا آشنا شدند

Era como si los conociera de toda la vida

انگار تمام عمرش آنها را می شناخت

El ratón parecía ser una persona de cierta autoridad

به نظر می رسید موش فردی با اقتدار است

"¡Siéntense todos y escúchenme!

»بنشینید، همه شما، و به من گوش دهید!

"¡Pronto los volveré a secar!"

"به زودی همه شما را دوباره خشک خواهم کرد"!

Se sentaron todos a la vez, en un gran círculo

همه آنها به یکباره نشستند، در یک حلقه بزرگ

y el ratoncito se sentó en el medio

و موش کوچولو وسط نشست

—¡Ejem! —dijo el ratón con aire importante—

موش با هوای مهمی گفت» :آهم«!

"¿Están todos listos?"

"همه شما آماده اید؟"

"Esto es lo más seco que conozco"

"این خشک ترین چیزی است که می دانم"

—¡Silencio por todas partes, por favor!

»سکوت اطراف، اگر بخواهید«!

"Guillermo el Conquistador fue favorecido por el Papa"

"ویلیام فاتح مورد علاقه پاپ بود"

"pero pronto fue sometido por los ingleses"

"اما به زودی توسط انگلیسی ها تسلیم شد"

"Últimamente querían líderes"

"آنها اخیرا رهبران می خواستند"

"Y se habían acostumbrado al poder y a la conquista"

"و آنها به قدرت و کشورگشایی عادت کرده بودند"

"Edwin y Morcar, los condes de Mercia y Northumbria"

"ادوین و مورکار، ارل های مرسیا و نورثمبریا"

—¡Uf! —exclamó el pájaro lori con un escalofrío—

پرنده لوری با لرزش گفت» :اوه«!

"e incluso Stigand, el patriota arzobispo de Canterbury"

"و حتی استیگاند، اسقف اعظم میهن پرست کانتربری"

"A él también le pareció aconsejable"

"او همچنین آن را توصیه می کند"

-¿Qué le pareció aconsejable? -dijo el pato-

«اردک گفت: چه چیزی به نظر او توصیه می شود؟»

—Le pareció aconsejable —replicó el ratón con cierto enfado—

«موش با عصبانیت پاسخ داد: او این را توصیه می کند»

Pero el pato no estaba satisfecho

اما اردک راضی نبود

"Por supuesto, ya sabes lo que significa"

"البته، شما می دانید که" آن "به چه معناست"

—Sé lo que es cuando encuentro una cosa —dijo el pato—

اردک گفت: وقتی چیزی پیدا می کنم می دانم که» آن «چیست

"Generalmente es una rana o un gusano"

"به طور کلی قورباغه یا کرم است"

"La pregunta es, ¿qué encontró el arzobispo?"

"سوال این است که اسقف اعظم چه چیزی پیدا کرد؟"

El ratón no se dio cuenta de esta pregunta

موش متوجه این سوال نشد

En cambio, el ratón continuó apresuradamente con el discurso

در عوض، موش با عجله به سخنرانی ادامه داد

"le pareció aconsejable ir con Edgar Atheling"

«او صلاح یافت که با ادگار اتلینگ برود»

"para encontrarme con Guillermo y ofrecerle la corona"

"برای دیدار با ویلیام و تقدیم تاج به او"

el ratón continuó, volviéndose hacia Alicia mientras hablaba

موش ادامه داد و در حالی که صحبت می کرد به سمت آلیس چرخید

—¿Cómo te va ahora, querida?

«الان چطور هستی، عزیزم؟»

—Tan mojado como siempre —dijo Alicia en tono melancólico—

آلیس با لحنی مالیخولیایی گفت: مثل همیشه خیس

"Esta historia no parece que me seque en absoluto"

"به نظر نمی رسد این داستان اصلا مرا خشک کند"

—En ese caso —dijo solemnemente el dodo, poniéndose en pie—

دودو با جدیت گفت: در این صورت «و روی پاهایش بلند شد

"Voto que se levante la sesión"

"من رای می دهم که جلسه به تعویق بیفتد"

"y propongo la adopción inmediata de remedios más enérgicos"

"و من پیشنهاد می کنم که فورا درمان های پرانرژی تر اتخاذ شود"

—¡Di palabras de verdad! —dijo el aguilucho—

عقاب گفت» :کلمات واقعی بگویید«!

"No conozco el significado de la mitad de esas palabras largas"

"من معنی نیمی از آن کلمات طولانی را نمی دانم"

—¡Y, lo que es más, tampoco creo que tú lo sepas!

»و علاوه بر این، من باور نمی کنم که شما هم می دانید«!

—Lo que iba a decir —dijo el dodo en tono ofendido—

دودو با لحنی آزرده آمیز گفت» :آنچه می خواستم بگویم«

"Lo mejor para deshacernos sería una contienda electoral"

"بهترین کار برای خشک کردن ما یک مسابقه حزبی است"

—¿Qué es una contienda electoral? —preguntó Alicia

آلیس گفت" :مسابقه انجمن حزبی چیست؟"

—Bueno —dijo el dodo—, la mejor manera de explicarlo es

hacerlo.

دودو گفت" :خوب، بهترین راه برای توضیح آن انجام آن است"

"Primero el dodo trazó un hipódromo"

"ابتدا دودو یک مسیر مسابقه را مشخص کرد"

"La pista estaba en una especie de círculo"

"آهنگ در نوعی دایره بود"

"Y luego todo el grupo se colocó a lo largo del recorrido"

"و سپس همه مهمانی در طول مسیر قرار گرفتند"

No hubo "¡Uno, dos, tres y fuera!"

هیچ" یک، دو، سه و دور "!وجود نداشت.

pero empezaron a correr cuando quisieron

اما هر زمان که دوست داشتند شروع به دویدن کردند

Y también terminaban cuando querían

و آنها همچنین هر زمان که دوست داشتند تمام کردند

Así que no era fácil saber cuándo había terminado la carrera

بنابراین دانستن اینکه چه زمانی مسابقه تمام شده است آسان نبود

Después de media hora más o menos de correr, todos
estaban bastante secos

بعد از نیم ساعت یا بیشتر دویدن همه آنها کاملا خشک شدند

el dodo gritó de repente: "¡La carrera ha terminado!"

دودو ناگهان فریاد زد" :مسابقه تمام شد"!

Y todos se agolparon alrededor del dodo

و همه آنها در اطراف دودو ازدحام کردند

Todos los animales jadeaban y resoplaban

همه حیوانات نفس نفس می زدند و پف می کردند

y todos querían saber: "¿Pero quién ha ganado?"

و همه آنها می خواستند بدانند," اما چه کسی برنده شده است؟"

El dodo no pudo responder de inmediato a esta pregunta

این سوال دودو نتوانست بلافاصله به آن پاسخ دهد

Primero tuvo que pensar mucho

ابتدا باید خیلی فکر می کرد

Después de pensarlo mucho, el Dodo finalmente habló

پس از تفکر بسیار، دودو بالاخره صحبت کرد

"Todos han ganado y todos deben tener premios"

"همه برنده شده اند و همه باید جایزه داشته باشند"

"¿Pero quién va a dar los premios?", preguntó un coro de
voces

»اما چه کسی باید جوایز را بدهد؟ «گروهی از صداها پرسیدند

—Bueno, ella, por supuesto —dijo el dodo—

دودو گفت» :خب، او البته«

y el dodo señaló con un dedo a Alicia

و دودو با یک انگشت به سمت آلیس اشاره کرد

y todo el grupo de animales se agolpó a su alrededor

و کل گروه حیوانات دور او جمع شدند

gritaron, de manera confusa: "¡Premios! ¡Premios!"

آنها به شکلی گیج فریاد زدند» :جوایز !جوایز"!

Alicia no tenía ni idea de qué hacer

آلیس نمی دانست چه کاری باید انجام دهد

Desesperada, se metió la mano en el bolsillo

با ناامیدی دستش را در جیبش گذاشت

Y sacó una caja de dulces

و یک جعبه شیرینی بیرون آورد

Por suerte, el agua salada no había entrado en la caja

خوشبختانه آب نمک وارد جعبه نشده بود

Y repartió los dulces como premios

و شیرینی ها را به عنوان جایزه تحویل داد

Había exactamente una pieza para todos

دقیقا یک قطعه برای همه وجود داشت

Lo siguiente que tenían que hacer era comer los dulces

کار بعدی که باید انجام می دادند این بود که شیرینی ها را بخورند

Esto causó algo de ruido y confusión

این باعث سر و صدا و سردرگمی شد

Los grandes pájaros se quejaban de que no podían saborear
sus dulces

پرندگان بزرگ شکایت می کردند که نمی توانند شیرینی هایشان را
بچشند

Los pequeños se ahogaron y hubo que darles palmaditas en
la espalda

کوچکها خفه می شدند و باید به پشت ضربه می زدند

Sin embargo, al fin se acabó

با این حال، بالاخره تمام شد

y se sentaron de nuevo en un anillo

و آنها دوباره در یک حلقه نشستند

Y le rogaron al ratón que les dijera algo más

و آنها به موش التماس کردند که چیز دیگری به آنها بگوید

—Prometiste contarme tu historia, ¿sabes? —dijo Alicia—

آلیس گفت» :تو قول دادی که تاریخت را به من بگویی، می دانید«.

E hizo otro pequeño comentario sobre los gatos en un susurro

و او یک نکته کوچک دیگر در مورد گربه ها با زمزمه بیان کرد

No quería volver a ofender al ratón

او نمی خواست دوباره به موش توهین کند

el ratoncito se volvió hacia Alicia y suspiró

موش کوچولو رو به آلیس کرد و آهی کشید

—¡La mía es una larga y triste historia!

"داستان من یک داستان طولانی و غم انگیز است"!

—Es una cola larga, sin duda —dijo Alicia—

آلیس گفت» :مطمئنا دم بلندی است

Y miró con asombro la cola del ratón

و با تعجب به دم موش نگاه کرد

—¿Pero por qué le llamas cola triste?

»اما چرا آن را دم غمگین می گویی؟«

Y ella seguía desconcertada al respecto mientras el ratón hablaba

و در حالی که موش صحبت می کرد در مورد آن گیج می شد

de modo que su idea del cuento era más o menos así

به طوری که او از داستان چیزی شبیه به این بود

"Fury said to
a mouse, That
he met in the
house, 'Let
us both go
to law: *I*
will prosecute
you.—
Come, I'll
take no denial:
We must have
the trial;
For really
this morning
I've
nothing
to do.'
Said the
mouse to
the cur,
'Such a
trial, dear
sir, With
no jury
or judge,
would
be wasting
our
breath.'
'I'll be
judge,
I'll be
jury,'
said
cunning
old
Fury;
'I'll
try
the
whole
cause,
and
condemn
you to
death.'"

Furia le dijo a un ratón: "Que se encontró en la casa"

فیوری به موش گفت، که او در خانه ملاقات کرده است"

Vayamos los dos a la ley: yo te procesaré

بگذارید هر دو به سراغ قانون برویم :من شما را تحت پیگرد قانونی
قرار خواهم داد

**Vamos, no aceptaré ninguna negación: debemos tener el
juicio**

بیا، من انکار نمی کنم :ما باید محاکمه را داشته باشیم

Porque realmente esta mañana no tengo nada que hacer

برای واقعا امروز صبح من هیچ کاری برای انجام دادن ندارم

Dijo el ratón al cur;

موش به cur گفت؛

Un juicio así, querido señor, sin jurado ni juez, sería una pérdida de aliento

آقا عزیز، چنین محاکمه ای بدون هیئت منصفه یا قاضی، نفس ما را تلف می کند

—Seré juez, seré jurado —dijo el astuto viejo Fury—

"من قاضی خواهم شد، من هیئت منصفه خواهم شد، "فیوری پیر حیله گر گفت

Juzgaré toda la causa y te condenaré a muerte

من تمام هدف را امتحان خواهم کرد و تو را به مرگ محکوم می کنم

el ratón le habló severamente a Alicia

موش به شدت با آلیس صحبت کرد

"¡No estás prestando atención!"

"شما توجه نمی کنید"!

—¿En qué estás pensando?

"به چه فکر می کنی؟"

—Le ruego que me perdone —dijo Alicia muy humildemente—

آلیس با فروتنی گفت« :من از شما عذرخواهی می کنم»

—¿Habías llegado a la quinta curva, creo?

»فکر می کنم به پیچ پنجم رسیده بودی؟«

"¡Me insultas diciendo tales tonterías!"

»تو با چنین مزخرفاتی به من توهین می کنی«!

Y el ratón se levantó y se alejó

و موش بلند شد و دور شد

Alicia llamó al ratoncito

آلیس بعد از موش کوچولو صدا زد

"¡Por favor, regresa y termina tu historia!"

"لطفا برگرد و داستانت را تمام کن"!

Y todos los demás se unieron a coro

و بقیه همگی به گروه کر پیوستند

"¡Sí, por favor, termine su historia!"

"بله، لطفا داستانتان را تمام کنید"!

Pero el ratón se limitó a negar con la cabeza con impaciencia

اما موش فقط با بی حوصلگی سرش را تکان داد

Y el ratoncito caminó un poco más rápido

و موش کوچولو کمی سریعتر راه رفت

—¡Ojalá tuviera aquí a Dinah, nuestra gata! —dijo Alicia—

آلیس گفت» :ای کاش دینا، گربه ما را اینجا داشتم«!

Esto causó una notable sensación entre el grupo

این باعث ایجاد شور و هیجان قابل توجهی در میان حزب شد

Algunos de los pájaros se apresuraron a huir de inmediato

برخی از پرندگان فورا با عجله رفتند

y un canario gritó con voz temblorosa a sus hijos;

و یک قناری با صدایی لرزان فرزندانش را صدا زد.

—¡Váyanse, queridos míos!

"دور شوید، عزیزانم"!

"¡Ya es hora de que estén todos en la cama!"

"وقت آن رسیده است که همه در رختخواب باشید"!

Con varias excusas se fueron todos

با بهانه های مختلف همه رفتند

y Alicia no tardó en quedarse sola

و آلیس به زودی تنها ماند

—¡Ojalá no hubiera mencionado a Dinah!

»ای کاش به دینا اشاره نمی کردم«!

"Parece que a nadie le gusta aquí abajo"

"به نظر می رسد هیچ او را اینجا دوست ندارد"

—¡Pero estoy seguro de que es la mejor gata del mundo!

"اما من مطمئن هستم که او بهترین گربه جهان است"!

La pobre Alicia se echó a llorar de nuevo

آلیس بیچاره دوباره شروع به گریه کرد

porque se sentía muy sola y desanimada

زیرا او احساس تنهایی و روحیه بسیار پایین می کرد

Al cabo de un rato, sin embargo, volvió a oír algo

با این حال، پس از مدتی، او دوباره چیزی شنید

un pequeño golpeteo de pasos a lo lejos

کمی صدای پا در دوردست

Y ella miró hacia arriba ansiosamente

و با اشتیاق به بالا نگاه کرد

El conejo manda al pequeño Sr. Bill
خرگوش آقای بیل کوچک را می فرستد

Era el conejo blanco, que volvía trotando lentamente

این خرگوش سفید بود که دوباره به آرامی به عقب می رفت

Miraba a su alrededor ansiosamente mientras se alejaba

او در حین رفتن با نگرانی به اطراف نگاه می کرد

Parecía como si hubiera perdido algo

به نظر می رسید که چیزی را گم کرده است

Alicia le oyó murmurar para sí misma

آلیس شنید که او با خودش زمزمه می کند

—¡La duquesa! ¡La duquesa! ¡Oh, mis queridas patas!

"دوشس !دوشس !آه، پنجه های عزیزم"!

—¡Oh, mi pelo y mis bigotes!

"اوه، خز و سبیل من"!

"Ella hará que me ejecuten, estoy seguro de eso"

"او مرا اعدام می کند، من از این موضوع مطمئن هستم"

—¡Tan cierto como que los hurones son hurones!

"به همان اندازه که موش ها موش هستند"!

"¿Dónde puedo haber dejado mis cosas, me pregunto?"

"من تعجب می کنم که کجا می توانم وسایلم را رها کنم؟"

Alicia adivinó en un momento lo que estaba buscando

آلیس در یک لحظه حدس زد که به دنبال چه چیزی است

Buscaba el abanico de plumas

او به دنبال پنکه پر بود

Y buscaba el par de guantes blancos

و او به دنبال یک جفت دستکش سفید بود

Así que ella, muy bondadosamente, comenzó a buscar los guantes

بنابراین او بسیار خوش اخلاق شروع به جستجوی دستکش کرد

Y también buscó el abanico de plumas

و او هم به دنبال پنکه پر گشت

Pero los guantes y el abanico de plumas no se veían por ninguna parte

اما دستکش و پنکه پر در هیچ کجا دیده نمی شد

Todo parecía haber cambiado desde que se bañó en la piscina

به نظر می رسید همه چیز از زمانی که او در استخر شنا کرده است تغییر کرده است

Nada era igual desde que estaba en el Gran Salón

از زمانی که او در سالن بزرگ بود هیچ چیز مثل قبل نبود

y la mesa de cristal había desaparecido

و میز شیشه ای ناپدید شده بود

Y la puertecita tampoco estaba allí

و در کوچک هم آنجا نبود

Muy pronto el conejo se fijó en Alicia

خیلی زود خرگوش متوجه آلیس شد

—la llamó en tono airado

او با لحنی عصبانی او را صدا زد

—Mary Ann, ¿qué haces aquí?

"مری آن، اینجا چه کار می کنی؟"

"Corre a casa en este momento"

"این لحظه به خانه بدوید"

—¡Y tráeme un par de guantes y un abanico de plumas!

"و یک جفت دستکش و یک پنکه پر برای من بیاور"!

—¡Y date prisa!

»و در این مورد سریع باشید«!

Alicia se habló a sí misma mientras salía corriendo

آلیس در حالی که فرار می کرد با خودش صحبت کرد

—¡Debe de haberme confundido con su criada!

»حتما مرا با خدمتکارش اشتباه گرفته است«!

"¡Qué sorpresa se quedará cuando se entere de quién soy!"

"چقدر تعجب خواهد کرد وقتی بفهمد من کی هستم"!

Al decir esto, se encontró con una casita pulcra

همانطور که این را می گفت، به یک خانه کوچک مرتب برخورد کرد

En la puerta de la casa había una placa de bronce brillante

روی در خانه یک بشقاب برنجی روشن بود

"W. CONEJO"

"دبلیو خرگوش"

Entró sin llamar a la puerta

او بدون اینکه در را بزند وارد شد

Y se apresuró a subir las escaleras

و او با عجله مستقیم به طبقه بالا رفت

le preocupaba conocer a la verdadera Mary Ann

او نگران بود که ممکن است مری آن واقعی را ملاقات کند

porque entonces la echarían de la casa

زیرا در این صورت او را از خانه بیرون می کردند

Y no sería capaz de encontrar el abanico de plumas y los guantes

و او نمی توانست پنکه پر و دستکش را پیدا کند

Alicia había encontrado el camino hacia una pequeña habitación ordenada

آلیس راه خود را به یک اتاق کوچک مرتب پیدا کرده بود

En la habitación había una mesa junto a la ventana

در اتاق میزی کنار پنجره بود

y sobre la mesa había un abanico de plumas

و روی میز یک پنکه پر بود

Y había dos o tres pares de diminutos guantes blancos

و دو یا سه جفت دستکش سفید کوچک وجود داشت

Cogió el abanico de plumas y un par de guantes

او پنکه پر و یک جفت دستکش را برداشت

Y estaba a punto de salir de la habitación

و او تازه می خواست اتاق را ترک کند

Pero entonces sus ojos se posaron en una botellita

اما بعد چشمانش به یک بطری کوچک افتاد

Descorchó la botella y se la llevó a los labios

بطری را باز کرد و روی لب هایش گذاشت

"Espero que me haga crecer de nuevo"

"امیدوارم که دوباره بزرگ شوم"

"¡Estoy cansada de ser una cosita tan pequeña!"

"من از اینکه چنین چیز کوچکی هستم خسته شده ام"!

Alicia apenas se había bebido la mitad de la botella

آلیس به سختی نیمی از بطری را نوشیده بود

Su cabeza ya estaba presionada contra el techo

سرش از قبل به سقف فشار آورده بود

Y tuvo que agacharse

و او مجبور شد خم شود

para salvar su cuello de ser roto

تا گردنش را از شکستن نجات دهد

Dejó apresuradamente la botella

او با عجله بطری را زمین گذاشت

"Con eso basta"

"این کاملا کافی است"

"Espero no crecer más"

"امیدوارم دیگر رشد نکنم"

¡Ay! ¡Era demasiado tarde para desearlo!

افسوس !برای آرزو کردن آن خیلی دیر شده بود!

Ella siguió creciendo y creciendo

او به رشد و رشد ادامه داد

y muy pronto tuvo que arrodillarse en el suelo

و خیلی زود مجبور شد روی زمین زانو بزند

Y aun así siguió creciendo

و حتی پس از آن او به رشد خود ادامه داد

Como último recurso, sacó un brazo por la ventana

به عنوان آخرین منبع، او یک بازوی خود را از پنجره بیرون آورد

Y metió un pie por la chimenea

و او یک پا را بالای دودکش گذاشت

"Ahora no puedo hacer más, pase lo que pase"

"حالا دیگر نمی توانم انجام دهم، هر اتفاقی بیفتد"

—¿Qué será de mí?

»چه اتفاقی برای من خواهد افتاد؟«

Alicia tuvo un poco de suerte

آلیس یک نقطه شانس داشت

La pequeña botella mágica había tenido todo su efecto

بطری جادویی کوچک اثر کامل خود را داشت

y Alicia no creció más de lo que era

و آلیس بزرگتر از او نبود

Al cabo de unos minutos oyó una voz en el exterior

بعد از چند دقیقه صدایی را از بیرون شنید

Y se detuvo a escuchar la voz

و ایستاد تا به صدا گوش دهد

—¡María Ana! ¡Mary Ann! -dijo la voz-

"مری آن امری آن "إصدا گفت

"¡Tráeme mis guantes en este momento!"

"این لحظه دستکش هایم را برای من بیاور"!

Luego se oyó un pequeño golpeteo de pies en la escalera

سپس کمی تکان دادن پاها روی پله ها آمد

Alicia supo que era el conejo que venía a buscarla

آلیس می دانست که خرگوش است که به دنبال او می آید

Y tembló hasta hacer temblar la casa

و او لرزید تا اینکه خانه را تکان داد

Se olvidó por completo de sus proporciones

او کاملا فراموش کرده بود که نسبت هایش چقدر است

Era mil veces más grande que el conejo

او هزار برابر خرگوش بزرگ تر بود

Y no tenía por qué temer a un conejo

و هیچ دلیلی برای ترس از خرگوش نداشت

De pronto, el conejo se acercó a la puerta

بلافاصله خرگوش به در آمد

Y el conejito trató de abrir la puerta

و خرگوش کوچولو سعی کرد در را باز کند

La puerta comenzó a abrirse hacia adentro

در شروع به باز شدن به سمت داخل کرد

pero el codo de Alicia estaba apretado con fuerza contra la puerta

اما آرنج آلیس به شدت به در فشار داده شد

Ese intento resultó un fracaso

این تلاش شکست خورده بود

Alicia oyó que el conejo se hablaba a sí mismo

آلیس شنید که خرگوش با خودش صحبت می کند

"Entonces daré la vuelta y entraré por la ventana"

"بعد می روم و از پنجره وارد می شوم"

«¡Que no lo harás!», pensó Alicia

آلیس فکر کرد» :این کار را نمی کنی«!

Y volvió a esperar un poco

و او دوباره کمی صبر کرد

Pronto oyó al conejo justo debajo de la ventana

به زودی صدای خرگوش را درست زیر پنجره شنید

De repente extendió la mano

ناگهان دستش را دراز کرد

Y ella hizo un arrebato en el aire

و او یک قاپ در هوا انجام داد

No se apoderó de nada

او چیزی را به دست نیاورد

Pero oyó un pequeño alarido y una caída

اما او صدای کمی جیغ و سقوط را شنید

Y oyó el estrépito de cristales rotos

و صدای برخورد شیشه های شکسته را شنید

Tal vez el conejo se había caído

شاید خرگوش افتاده بود

Tal vez estaba en un invernadero

شاید او در یک گلخانه بود

Luego se oyó una voz airada; La voz del conejo

بعد صدایی خشمگین آمد. صدای خرگوش

"Pat, ¿dónde estás?"

"پت، کجایی؟"

Y entonces llegó una voz que nunca antes había oído

و سپس صدایی آمد که قبلا هرگز نشنیده بود

"¡Su señoría, estoy aquí!"

"عالیجناب، من اینجا هستم"!

"Estoy cavando en busca de manzanas"

"من دارم برای سیب حفاری می کنم"

"¡Aquí! ¡Ven y ayúdame a salir de esto!"

»اینجا !بیا و به من کمک کن تا از این کار خارج شوم"!

—Ahora dime, Pat, ¿qué es eso que hay en la ventana?

"حالا به من بگو، پت، این چه چیزی در پنجره است؟"

"Claro, su señoría, se lo diré"

"مطمئنا، عالیجناب، من به شما خواهم گفت"

"¡Es un brazo que está en la ventana!"

"این بازویی است که در پنجره است"!

"Bueno, un brazo no tiene nada que hacer allí"

"خوب، یک بازو در آنجا کاری ندارد"

"¡Ve y quítate el brazo!"

»برو و بازو را بردار«!

Hubo un largo silencio después de esto

پس از این سکوت طولانی برقرار شد

y Alicia sólo podía oír susurros de vez en cuando

و آلیس فقط می توانست هر از گاهی زمزمه ها را بشنود.

Y, por fin, volvió a extender la mano

و سرانجام دوباره دستش را دراز کرد

Y ella hizo otro arrebato en el aire

و او یک قاپ دیگر در هوا انجام داد

Esta vez hubo dos pequeños chillidos

این بار دو جیغ کوچک شنیده شد

y se escucharon más sonidos de vidrios rotos

و صدای شیشه های شکسته بیشتری شنیده می شد

«¡Me pregunto qué harán ahora!», pensó Alicia

"من تعجب می کنم که آنها بعد از آن چه خواهند کرد"آلیس فکر کرد

"Ojalá me sacaran por la ventana"

"ای کاش مرا از پنجره بیرون می کشیدند"

Esperó un buen rato

مدتی منتظر ماند

Pero durante un rato no oyó nada más

اما برای مدتی او چیز دیگری نشنید

Por fin se oyó el estruendo de unas ruedas

سرانجام غرش چرخ های کوچک آمد

Y se oyó el sonido de muchas voces

و صدای صداهای زیادی آمد

Todas las voces hablaban al unísono

همه صداها با هم صحبت می کردند

Pudo distinguir algunas de las palabras

او می توانست برخی از کلمات را بفهمد

—¿Dónde está la otra escalera?

»نردبان دیگر کجاست؟«

"Bill tiene la otra escalera"

"بیل نردبان دیگر را دارد"

"¡Bill, ven aquí!"

"بیل، بیا اینجا"!

—¿Soportará el techo la carga?

"آیا سقف بار را تحمل می کند؟"

—¿Quién quiere bajar por la chimenea?

"چه کسی می خواهد از دودکش پایین برود؟"

—¡No, no lo haré! ¡Tú lo haces!"

»نه، من این کار را نمی کنم إشما انجامش بده"!

—¡Aquí, Bill!

»بفرمایید، بیل«!

"¡El maestro dice que tienes que bajar por la chimenea!"

»ارباب می گوید باید از دودکش پایین بیایی«!

Alicia arrastró el pie por la chimenea todo lo que pudo

آلیس پایش را تا جایی که می توانست از دودکش پایین کشید

Y luego esperó a ver lo que venía

و سپس منتظر ماند تا ببیند چه اتفاقی می افتد

Escuchó a un animalito arañar y revolver

او صدای خراشیدن و تقلا حیوان کوچکی را شنید

El animalito debe estar en la chimenea

حیوان کوچک باید در دودکش باشد

Luego dio una fuerte patada

سپس او یک ضربه تند زد

Y esperó a ver qué pasaría después

و منتظر ماند تا ببیند بعد چه اتفاقی می افتد

Oyó un coro general de voces

او یک گروه کر کلی از صداها را شنید

"¡Ahí va Bill!", dijeron todos

همه گفتند: «بیل می رود»!

Entonces oyó solo la voz del conejo

سپس صدای خرگوش را به تنهایی شنید

"¡Tú por el seto, atrápalo!"

"تو کنار پرچین ، او را بگیرید"!

Hubo otro momento de silencio

یک لحظه سکوت دیگر برقرار شد

Y entonces hubo otra confusión de voces

و سپس سردرگمی دیگری از صداها ایجاد شد

"Levanta la cabeza, Brandy"

"سرش را بالا بگیر، برندی"

"Ten cuidado de no asfixiarlo"

"مراقب باشید او را خفه نکنید"

—¿Qué te pasó?

"چه اتفاقی برای شما افتاد؟"

Por último, llegó una vocecita débil y chillona

آخرین بار صدای کمی ضعیف و جیرجیر آمد

"Bueno, ya casi no sé"

"خوب، من به سختی دیگر نمی دانم"

"Gracias a todos, ahora estoy mejor"

"از همه شما متشکرم، من الان بهتر هستم"

"Hay una cosa que puedo recordar"

"یک چیز هست که می توانم به یاد بیاورم"

"Algo viene hacia mí como un tren en un túnel"

"چیزی مانند قطار در تونل به سمت من می آید"

"¡Y vuelo hacia arriba como un cohete!"

"و من مانند یک موشک آسمانی پرواز می کنم"!

Hubo uno o dos minutos de silencio

یکی دو دقیقه سکوت بود

Y entonces empezaron a moverse de nuevo

و سپس دوباره شروع به حرکت کردند

y Alicia oyó hablar de nuevo al Conejo

و آلیس دوباره صدای خرگوش را شنید

"Un túmulo servirá, para empezar"

"یک باروفول این کار را انجام می دهد، برای شروع"

«¿Un túmulo lleno de qué?», pensó Alicia

"یک بارو از چی؟ "آلیس فکر کرد

Pero no la mantuvieron en suspenso por mucho tiempo

اما او برای مدت طولانی در تعلیق نگه داشته نشد

Una lluvia de guijarros entró por la ventana

بارانی از سنگریزه های کوچک از پنجره بیرون آمد

Y algunas de las piedrecitas le golpearon en la cara

و برخی از سنگریزه های کوچک به صورتش برخورد کردند

Alicia se sorprendió por los guijarros

آلیس از سنگریزه های کوچک شگفت زده شد

Todos los guijarros se estaban convirtiendo en pasteles

همه سنگریزه های کوچک به کیک تبدیل می شدند

Y una idea brillante se le ocurrió

و یک ایده روشن به ذهنش رسید

"Debería comerme uno de estos pasteles"

"من باید یکی از این کیک ها را بخورم"

"El pastel seguramente hará algún cambio en mi tamaño"

"کیک مطمئناً تغییراتی در اندازه من ایجاد می کند"

Así que se tragó uno de los pasteles

بنابراین او یکی از کیک ها را قورت داد

Y se alegró al descubrir que empezaba a encogerse

و خوشحال شد که متوجه شد شروع به کوچک شدن کرده است

Pronto fue lo suficientemente pequeña como para pasar por

la puerta

به زودی آنقدر کوچک شد که بتواند از در عبور کند

Salió corriendo de la casa

او از خانه بیرون دوید

Una multitud de animalitos y pájaros esperaban afuera

جمعیتی از حیوانات و پرندگان کوچک بیرون منتظر بودند

todos los pajaritos y animales se abalanzaron sobre Alicia

همه پرندگان و حیوانات کوچک به سمت آلیس هجوم آوردند

Pero ella huyó lo más rápido que pudo

اما او تا جایی که می توانست سریع فرار کرد

Y pronto se encontró a salvo en un espeso bosque

و به زودی خود را در یک جنگل ضخیم در امان یافت

Alicia vagaba por el bosque

آلیس در جنگل سرگردان بود

Y pensó para sí misma:

و با خود فکر کرد:

"Sé lo que tengo que hacer primero"

"من می دانم که اول باید چه کاری انجام دهم"

"Primero tengo que volver a crecer hasta el tamaño adecuado"

"ابتدا باید دوباره به اندازه مناسب خود رشد کنم"

"Y luego tengo que encontrar mi camino hacia ese hermoso jardín"

"و سپس باید راهم را به آن باغ دوست داشتنی پیدا کنم"

"Supongo que debería comer o beber una cosa u otra"

«فکر می کنم باید چیزی بخورم یا بنوشم»

"Pero la pregunta es ¿qué debo comer o beber?"

«اما سوال این است که چه بخورم یا بنوشم؟»

Alicia miró a su alrededor las flores

آلیس به اطراف خود نگاه کرد به گل ها

Y miró a través de las briznas de hierba

و از میان تیغه های علف نگاه کرد

pero no podía ver nada de comer ni de beber

اما او نمی توانست چیزی برای خوردن یا نوشیدن ببیند

Nada parecía ser lo adecuado para comer o beber

هیچ چیز برای خوردن یا نوشیدن درست به نظر نمی رسید

Había un gran hongo creciendo cerca de ella

قارچ بزرگی در نزدیکی او رشد می کرد

el hongo tenía aproximadamente la misma altura que Alicia

قارچ تقریبا به اندازه ارتفاع آلیس بود

Se estiró de puntillas

او خود را روی نوک انگشتان پا دراز کرد

Y se asomó por el borde del hongo

و از لبه قارچ نگاه کرد

Sus ojos se encontraron inmediatamente con los ojos de una gran oruga azul

چشمانش بلافاصله به چشمان یک کاترپیلار آبی بزرگ برخورد کرد

La oruga estaba sentada en la parte superior del hongo

کاترپیلار بالای قارچ نشسته بود

y la oruga se había cruzado de brazos

و کاترپیلار تمام بازوهایش را روی هم گذاشته بود

Y estaba fumando tranquilamente una larga cachimba

و او بی سر و صدا قلیان بلندی می کشید

y no hizo la menor atención a nada

و او کوچکترین توجهی به هیچ چیز نکرد

y ciertamente no le prestó atención a Alicia

و او مطمئنا به آلیس توجه نکرد

مشاوره از یک کاترپیلار

Por fin, la oruga se quitó la pipa de la boca

سرانجام کاترپیلار قلیان را از دهانش بیرون آورد

y se dirigió a Alicia con voz lánguida y soñolienta

و با صدایی سست و خواب آلود خطاب به آلیس گفت

—¿Quién eres? —preguntó la oruga

«تو کی هستی؟»: کاترپیلار گفت

Alicia respondió, con cierta timidez: "No lo sé, señor"

«به سختی می دانم، آقا»: آلیس با خجالت پاسخ داد

"Justo en este momento está todo un poco..."

"فقط در حال حاضر همه چیز کمی است"...

"Sé quién era cuando me levanté esta mañana"

"من می دانم که امروز صبح که از خواب بیدار شدم کی بودم"

"pero creo que debo haber cambiado varias veces desde
entonces"

"اما فکر می کنم از آن زمان تاکنون باید چندین بار تغییر کرده باشم"

—¿Qué quieres decir con eso? —dijo la oruga—

«منظورت از این چیست؟»: کاترپیلار گفت

Con severidad, la oruga le pidió que se explicara

کاترپیلار با جدیت از او خواست که خودش را توضیح دهد

—Me temo que no puedo explicarme, señor —dijo Alicia—

آلیس گفت» :نمی توانم خودم را توضیح دهم، می ترسم آقا«

"porque no soy yo mismo"

"چون من خودم نیستم"

"Verás, tener tantos tamaños diferentes en un día es muy confuso"

"می بینید، اندازه های مختلف در یک روز بسیار گیج کننده است"

Se incorporó y dijo muy gravemente:

خودش را بالا کشید و با جدیت گفت:

"Creo que primero deberías decirme quién eres"

»فکر می کنم اول باید به من بگویی که کی هستی«

"¿Por qué?", dijo la oruga

کاترپیلار گفت» :چرا؟!«

Alicia no se le ocurría ninguna buena razón

آلیس نمی توانست دلیل خوبی پیدا کند

Y la oruga parecía estar en un estado de ánimo muy desagradable

و به نظر می رسید که کاترپیلار در وضعیت روحی بسیار ناخوشایندی قرار دارد

Así que se dio la vuelta

پس او روی برگرداند

"¡Vuelve!", la oruga la llamó

"برگرد "!اکاترپیلار او را صدا زد

"¡Tengo algo importante que decir!"

"من چیز مهمی برای گفتن دارم"!

Alicia se dio la vuelta y volvió otra vez

آلیس برگشت و دوباره برگشت

—Mantén la calma —dijo la oruga—

کاترپیلار گفت» :عصبانیت را حفظ کن«

-¿Eso es todo? -preguntó Alicia

آلیس گفت» :همین؟«

Y se tragó su rabia lo mejor que pudo

و خشم خود را تا جایی که می توانست قورت داد

—No —dijo la oruga—

کاترپیلار گفت» :نه«

La oruga desplegó sus brazos

کاترپیلار بازوهایش را باز کرد

Y volvió a sacarse la pipa de la boca

و دوباره قلیان را از دهانش بیرون آورد

y él dijo: "Así que Ud. piensa que Ud. ha cambiado,
¿verdad?"

و او گفت،" پس شما فکر می کنید که تغییر کرده اید، درست است؟"

—Me temo, he cambiado, señor —dijo Alicia—

آلیس گفت» :می ترسم، من تغییر کرده ام، آقا«

"No puedo recordar las cosas como solía recordarlas"

"من نمی توانم چیزهایی را همانطور که قبلا به یاد می آوردم به یاد
بیاورم"

"¡Y no me quedo del mismo tamaño por más de diez
minutos!"

"و من بیش از ده دقیقه در همان اندازه نمی مانم"!

"¿Qué tamaño quieres tener?", preguntó la oruga

"می خواهید چه اندازه ای باشید؟ "کاترپیلار پرسید.

—Oh, no me importa especialmente el tamaño que tenga —
respondió Alicia apresuradamente—

آلیس با عجله پاسخ داد» :اوه، من خیلی مهم نیستم که چه اندازه ای هستم

"Simplemente no me gusta cambiar de tamaño tan a
menudo, ya sabes"

"من فقط دوست ندارم اندازه را زیاد تغییر دهم، می دانید"

"Me gustaría ser un poco más grande, señor"

»دوست دارم کمی بزرگتر باشم، آقا«

—Si no te importa —añadió Alicia—

آلیس اضافه کرد» :اگر اشکالی ندارد

"Diez centímetros es una altura tan miserable para ser"

"ده سانتی متر چنین ارتفاع بدبختی است"

-¡Es una altura muy buena! -exclamó la oruga con rabia-

»واقعا ارتفاع بسیار خوبی است «إکاترپیلار با عصبانیت گفت

Y se irguió mientras hablaba

و او در حالی که صحبت می کرد خود را راست پرورش داد

Medía exactamente diez centímetros de alto

او دقیقا ده سانتی متر قد داشت

En uno o dos minutos, la oruga bajó del hongo

در عرض یکی دو دقیقه، کاترپیلار از قارچ پایین آمد

Y se arrastró por la hierba

و او به داخل چمن ها خزید

Al alejarse, hizo algunas pequeñas observaciones

همانطور که می رفت، اظهارات کوچکی کرد

"Un lado te hará crecer más alto"

"یک طرف شما را بلندتر می کند"

"Y el otro lado te hará acortar"

"و طرف دیگر شما را کوتاه تر می کند"

«¿Un lado de qué?», pensó Alicia para sí misma

"یک طرف چی؟" "آلیس با خود فکر کرد

—¿El otro lado de qué?

»طرف دیگر چی؟«

—El costado del hongo —dijo la oruga—

کاترپیلار گفت" :کنار قارچ"

Era como si hubiera hecho su pregunta en voz alta

انگار سؤالش را با صدای بلند پرسیده بود

Y en otro momento, se perdió de vista

و در لحظه ای دیگر، او از دید خارج شد

Alicia se quedó mirando pensativa el hongo

آلیس همچنان متفکرانه به قارچ نگاه می کرد

Estaba tratando de distinguir cuáles eran los dos lados del hongo

او سعی می کرد بفهمد دو طرف قارچ کدام است

Por fin, estiró los brazos alrededor de la seta

بالاخره دستانش را دور قارچ دراز کرد

Y rompió un poco los bordes

و او کمی از لبه ها را قطع کرد

"Y ahora, ¿qué lado es cuál?", se dijo a sí misma

»و حالا، کدام طرف است؟ «با خودش گفت

Y mordisqueó un poco de la parte de la mano derecha

و کمی از دست راست را گاز گرفت

Al momento siguiente sintió un violento golpe debajo de la barbilla

لحظه بعد ضربه شدیدی را زیر چانه اش احساس کرد

¡Su barbilla había golpeado su pie!

چانه اش به پایش برخورد کرده بود!

Estaba bastante asustada por este cambio tan repentino

او از این تغییر ناگهانی بسیار ترسیده بود

Se estaba encogiendo muy rápidamente

او خیلی سریع کوچک می شد

Así que rápidamente se comió un poco del otro trozo de champiñón

بنابراین او به سرعت مقداری از قارچ دیگر را خورد

Su barbilla estaba muy presionada contra su pie

چانه اش خیلی محکم به پایش فشار داده شده بود

Apenas había espacio para abrir la boca

به سختی جایی برای باز کردن دهانش وجود داشت

Pero al fin logró abrir la boca

اما بالاخره موفق شد دهانش را باز کند

Y tragó un bocado del pedazo de la mano izquierda

و لقمه ای از تکه دست چپ را قورت داد

-¡Por fin me han liberado la cabeza! -exclamó Alicia-

آلیس گفت» :سرم بالاخره آزاد شد«!

Se miró a sí misma

او به خودش نگاه کرد

Pero todo lo que podía ver era una inmensa longitud de cuello

اما تنها چیزی که می توانست ببیند طول بسیار زیاد گردن بود

Su cuello parecía elevarse como un tallo

به نظر می رسید گردنش مانند ساقه بالا می رود

Y miró hacia abajo sobre un mar de hojas verdes

و به دریایی از برگ های سبز نگاه کرد

—¿A dónde han llegado mis hombros?

"شانه هایم به کجا رسیده اند؟"

"Y oh, mis pobres manos, ¿cómo es que no puedo verte?"

»و اوه، دستان بیچاره من، چطور است که نمی توانم تو را ببینم؟«

Pero su cuello tenía un beneficio

اما گردن او یک فایده داشت

Podía mover la cabeza en cualquier dirección

او می توانست سرش را به هر سمتی حرکت دهد

De hecho, era como una serpiente

در واقع، او درست مانند مار بود

Ella zigzagueó con gracia con la cabeza hacia abajo

او با ظرافت سرش را زیگزاگ کرد

Y movió la cabeza entre los árboles

و سرش را از میان درختان حرکت داد

Pero entonces oyó un silbido agudo

اما بعد صدای خش خش تندی شنید

Y rápidamente echó la cabeza hacia atrás

و او به سرعت سرش را به عقب کشید

Una gran paloma había volado hacia su cara

یک کبوتر بزرگ به صورتش پرواز کرده بود

y la paloma se agitó violentamente con sus alas

و کبوتر با بال هایش به شدت بود

-¡Serpiente! -exclamó la paloma-

كبوتر فرياد زد» :مار«ا!

-¡No soy una serpiente! -exclamó Alicia indignada-

آليس با عصبانيت گفت» :من مار نيستم«ا!

"¡Déjame en paz!"

"مرا تنها بگذار"!

"He probado las raíces de los árboles"

"من ريشه درختان را امتحان كرده ام"

—Y he probado setos —prosiguió la paloma—

كبوتر ادامه داد» :و من پرچين ها را امتحان كرده ام«

—¡Pero esas serpientes! ¡No hay forma de complacerlos!"

»اما آن مارها !هيچ خشنود آنها نيست«ا!

Alicia estaba cada vez más desconcertada

آليس بيشتر و بيشتر گيج شد

-Como si ya fuera bastante trabajo incubar los huevos -dijo
la paloma-

كبوتر گفت» :انگار جوجه ريزی تخم ها به اندازه كافی مشكل نداشت

—¡De noche y de día también tengo que estar atento a las
serpientes!

»شب و روز هم بايد مراقب مارها باشم«ا!

"Acababa de encontrar el árbol más alto del bosque"

"من به تازگی بلندترين درخت جنگل را پيدا كرده بودم"

—¿Estaría libre de serpientes aquí?

»مطمئنا اينجا از مار ها آزاد خواهم شد؟«

"¡Y sale una serpiente del cielo!"

"و ماری از آسمان بيرون می آيد"!

-¡Pero yo no soy una serpiente, te lo aseguro! -dijo Alicia-

آليس گفت» :اما من مار نيستم، به شما می گويم«ا!

"Soy un... Soy un... Soy una niña —añadió con cierta duda—

"من ...من يک ... من يک دختر كوچک هستم «او. با ترديد اضافه كرد

Después de todo, había estado pasando por muchos cambios

بالاخره او تغييرات زيادی را پشت سر گذاشته بود

—Estás buscando huevos —dijo la paloma—

كبوتر گفت» :تو به دنبال تخم مرغ هستی

"Lo sé con certeza"

"من اين را به عنوان يک واقعيت می دانم"

—¿Y qué importa si eres una niña o una serpiente?

»و چه فرقی می کند که دختر بچه ای باشی یا مار؟«

—A mí me importa mucho —dijo Alicia apresuradamente—

آلیس با عجله گفت» :برای من خیلی مهم است

"pero no estoy buscando huevos, como suele ser"

"اما من به دنبال تخم مرغ نیستم، همانطور که اتفاق می افتد"

"Y de todos modos no querría tus huevos"

"و به هر حال من تخم مرغ های شما را نمی خواهم"

"No me gustan los huevos crudos"

"من تخم مرغ هایم را خام دوست ندارم"

-¡Pues váyase! -dijo la paloma en tono malhumorado-

خوب، پس برو «!اکبوتر با لحنی عبوس گفت»

Y la paloma se instaló de nuevo en su nido

و کبوتر دوباره در لانه اش مستقر شد

Alicia se agachó entre los árboles lo mejor que pudo

آلیس تا جایی که می توانست در میان درختان خم شد

Su cuello no dejaba de enredarse entre las ramas

گردنش مدام بین شاخه ها گره می خورد

De vez en cuando tenía que detenerse y desenroscar el cuello

هر از چند گاهی مجبور بود بایستد و گردنش را باز کند

Al cabo de un rato se acordó de la seta

بعد از مدتی قارچ را به یاد آورد

Todavía sostenía los trozos de hongo en sus manos

او هنوز تکه های قارچ را در دستانش نگه داشته بود

Y se puso a trabajar con mucho cuidado

و او شروع به کار کرد با دقت

Primero mordisqueó una pieza

ابتدا او یک تکه را گاز گرفت

Y luego mordisqueó la otra pieza

و سپس قطعه دیگر را گاز گرفت

A veces crecía

گاهی بلندتر می شد

y a veces se acortaba

و گاهی کوتاه تر می شد

pero finalmente alcanzó su altura habitual

اما سرانجام به قد معمول خود رسید

Hacía tiempo que no era de su estatura

مدتی بود که قد خودش نبود

Así que todo se sintió extraño por un tiempo

بنابراین برای مدتی همه چیز عجیب به نظر می رسید

"Lo siguiente que hay que hacer es entrar en ese hermoso jardín"

"کار بعدی این است که وارد آن باغ زیبا شوید"

—¿Cómo se va a hacer eso, me pregunto?

»تعجب می کنم که چگونه باید این کار را انجام داد؟«

Al decir esto, llegó a un lugar abierto

همانطور که این را می گفت، به یک مکان باز برخورد کرد

Había una casita, un poco más de un metro de altura

خانه کوچکی بود، کمی بالاتر از یک متر

"Me pregunto quién vive en esta casita"

"من تعجب می کنم که چه کسی در این خانه کوچک زندگی می کند"

"Ciertamente no puedo entrar tan grande como soy"

"من مطمئنا نمی توانم به بزرگی خودم وارد شوم"

—¡Los asustaría terriblemente!

"من آنها را به طرز وحشتناکی می ترساندم"!

Así que volvió a mordisquear el pequeño champiñón

بنابراین او دوباره قارچ کوچک را گاز گرفت

Y pronto bajó treinta centímetros

و به زودی خودش را سی سانتی متر پایین آورد

Durante uno o dos minutos se quedó mirando la casa
یکی دو دقیقه ایستاد و به خانه نگاه کرد

De repente, un lacayo salió corriendo del bosque
ناگهان یک پیاده دوان از جنگل بیرون آمد

Vestía un uniforme especial
او لباس مخصوص پوشیده بود

A juzgar solo por su rostro, ella lo habría llamado pez
فقط با قضاوت بر اساس چهره او، او را ماهی صدا می کرد

Y golpeó fuertemente la puerta con los nudillos
و با انگشتانش با صدای بلند به در ضربه زد

La puerta fue abierta por otro lacayo
در توسط پیاده دیگری باز شد

Este lacayo también llevaba una librea especial
این پیاده نیز لباس خاصی پوشیده بود

Este lacayo tenía una cara redonda y ojos grandes como los
de una rana
این پیاده صورت گرد و چشمان درشت مانند قورباغه داشت

El lacayo, que parecía un pez, inició la ceremonia

پیاده ای که شبیه ماهی بود مراسم را آغاز کرد

Sacó algo de debajo de su brazo

او چیزی را از زیر بغلش بیرون آورد

Y sacó de debajo del brazo un sobre

و پاکتی را از زیر بغلش بیرون آورد

Y este sobre se lo entregó al otro lacayo

و این پاکت را به پیاده دیگر داد

En tono ceremonioso le comunicó las órdenes

با لحنی تشریفاتی دستورات را به او گفت

"Este mensaje es para la duquesa"

"این پیام برای دوشس است"

"Una invitación de la reina a jugar al croquet"

"دعوتی از ملکه برای بازی کروکت"

El lacayo, que parecía una rana, repitió la orden

پیاده ای که شبیه قورباغه بود دستور را تکرار کرد

"De la Reina"

"از ملکه"

"Una invitación"

"یک دعوت"

"para la duquesa"

"برای دوشس"

"Jugar al croquet"

"بازی کروکت"

Entonces ambos se inclinaron profundamente

سپس هر دو تعظیم کردند

y los rizos de sus pelucas se enredaron

و فرهای کلاه گیس هایشان به هم گره خورد

Pronto el lacayo que parecía un pez se había ido

به زودی پیاده ای که شبیه ماهی بود از بین رفت

Pero el lacayo que parecía una rana todavía estaba allí

اما پیاده ای که شبیه قورباغه بود هنوز آنجا بود

Estaba sentado en el suelo, cerca de la puerta

او روی زمین نزدیک در نشسته بود

Estaba mirando estúpidamente al cielo

او احمقانه به آسمان خیره شده بود

Alicia se acercó tímidamente a la puerta y llamó

آلیس با ترس به سمت در رفت و در زد

—Es inútil llamar a la puerta —dijo el lacayo—

پیاده گفت» :در زدن فایده ای ندارد

"Y eso es por dos razones"

"و این به دو دلیل است"

"Primero, porque estoy del mismo lado de la puerta que tú"

"اول، چون من در همان طرف در هستم که شما هستید"

"En segundo lugar, porque están haciendo mucho ruido
dentro"

"ثانیا، به این دلیل که آنها در داخل سر و صدای زیادی ایجاد می کنند"

"Nadie podría escucharte"

"هیچ نمی تواند صدای شما را بشنود"

Y, ciertamente, había un ruido extraordinario en su interior

و مطمئنا سر و صدای فوق العاده ای در درون وجود داشت

un aullido y estornudos constantes

زوزه و عطسه مداوم

y de vez en cuando se oye un gran estruendo

و هر از گاهی صدای تصادف بزرگ

como si un plato o una tetera se hubieran roto en pedazos

گویی ظرف یا کتری تکه تکه شده است

-¿Cómo voy a entrar? -preguntó Alicia

آلیس پرسید» :چطور وارد شوم؟«

—¿Deberías entrar? —dijo el lacayo—

پیاده گفت» :اصلا باید سوار شوید؟«

"Esa es la primera pregunta, ya sabes"

"این اولین سوال است، می دانید"

Alicia abrió la puerta y entró

آلیس در را باز کرد و وارد شد

La puerta conducía directamente a una gran cocina

در درست به یک آشپزخانه بزرگ منتهی می شد

La cocina estaba llena de humo de un extremo a otro

آشپزخانه از یک سر تا سر دیگر پر از دود بود

en medio de la cocina estaba la duquesa

در وسط آشپزخانه دوشس بود

Estaba sentada en un taburete de tres patas

او روی چهارپایه سه پا نشسته بود

Y ella estaba amamantando a un bebé

و او به یک نوزاد شیر می داد

El cocinero estaba inclinado sobre el fuego

آشپز روی آتش تکیه داده بود

Estaba removiendo un gran caldero

او یک کالدرون بزرگ را تکان می داد

y el caldero parecía estar lleno de sopa

و به نظر می رسید کالدرون پر از سوپ است

"¡Ciertamente hay demasiada pimienta en esa sopa!" —se
dijo Alicia

"مطمئنا فلفل زیادی در آن سوپ وجود دارد "!آلیس با خودش گفت

Lo dijo lo mejor que pudo, sin estornudar

او این را به بهترین شکل ممکن بدون عطسه گفت

Incluso la duquesa estornudaba de vez en cuando

حتی دوشس نیز گهگاه عطسه می کرد

Pero las acciones del bebé fueron las más notables

اما اقدامات نوزاد قابل توجه ترین بود

El bebé estornudaba y aullaba alternativamente

نوزاد به طور متناوب عطسه می کرد و زوزه می کشید

No hubo un momento de pausa entre aullidos y estornudos

لحظه ای مکث بین زوزه کشیدن و عطسه وجود نداشت

Había dos criaturas en la cocina que no estornudaban

دو موجود در آشپزخانه بودند که عطسه نمی کردند

El cocinero estaba demasiado ocupado para estornudar

آشپز آنقدر شلوغ بود که نمی توانست عطسه کند

Y al gran gato no pareció importarle el pimiento

و به نظر می رسید که گربه بزرگ به فلفل اهمیتی نمی دهد

En cambio, el gran gato sonreía de oreja a oreja

در عوض، گربه بزرگ از گوش به گوش پوزخند می زد

-Por favor, ¿podría decírmelo -dijo Alicia, un poco
tímidamente-

آلیس کمی ترسو گفت» :لطفا به من بگویید

"¿Por qué tu gato sonríe así?"

"چرا گربه شما اینطور لبخند می زند؟"

-Es un gato de Cheshire -dijo la duquesa-

دوشس گفت" :این یک گربه چشایر است

"Y por eso está sonriendo de oreja a oreja"

"و به همین دلیل است که او از گوش به گوش لبخند می زند"

"No sabía que un gato de Cheshire siempre sonreía"

"من نمی دانستم که یک گربه چشایر همیشه پوزخند می زند"

—De hecho, no sabía que los gatos podían sonreír —dijo
Alicia—

آلیس گفت" :در واقع، من نمی دانستم که گربه ها می توانند پوزخند بزنند

-Hay muchas cosas que no sabes -dijo la duquesa-

دوشس گفت" :چیزهای زیادی وجود دارد که شما نمی دانید"

"Hay muchas cosas que no sabes y eso es un hecho"

"چیزهای زیادی وجود دارد که شما نمی دانید و این یک واقعیت است"

En ese momento, el cocinero retiró el caldero de sopa del
fuego

درست در همان لحظه آشپز کالدرون سوپ را از روی آتش برداشت.

Y en seguida se puso a tirar todo lo que estaba a su alcance

و بلافاصله شروع به پرتاب همه چیز در دستش کرد

arrojó todo lo que pudo a la duquesa y al bebé

او هر چه می توانست به سمت دوشس و نوزاد پرتاب کرد

Primero arrojó los hierros de fuego

ابتدا آهن های آتش را پرتاب کرد

Luego tiró un puñado de cacerolas

سپس یک مشت قابلمه پرتاب کرد

y finalmente tiró los platos y las fuentes

و بالاخره بشقاب ها و ظروف را پرت کرد

La duquesa no le hizo caso

دوشس توجهی به او نکرد

Incluso cuando fue golpeada por un plato, no se preocupó

حتی زمانی که بشقاب به او برخورد می کرد، نگران نبود

El bebé ya estaba aullando tanto

بچه قبلا خیلی زوزه می کشید

Así que era imposible decir si los golpes lastimaban al bebé
o no

بنابراین نمی توان گفت که آیا ضربات به نوزاد آسیب می رساند یا نه

—¡Oh, por favor, ten cuidado con lo que estás haciendo! —
exclamó Alicia—

آلیس فریاد زد» :اوه، لطفا مراقب باشید چه کاری انجام می دهید«!

Y saltaba de un lado a otro en una agonía de terror

و او با عذاب وحشت بالا و پایین پرید

la duquesa le ofreció a Alicia el bebé

دوشس نوزاد را به آلیس پیشنهاد کرد

"¡Aquí! ¡Puedes amamantar un poco al bebé, si quieres!"

»اینجا !اگر دوست دارید می توانید کمی از بچه شیر بدهید«!

Y le arrojó al bebé mientras hablaba

و در حالی که صحبت می کرد نوزاد را به سمت او پرت کرد

"Tengo que ir a prepararme para jugar al croquet con la reina"

"من باید بروم و برای بازی کروکت با ملکه آماده شوم"

Y se apresuró a salir de la habitación

و او با عجله از اتاق بیرون رفت

Alicia atrapó al bebé con cierta dificultad

آلیس نوزاد را با کمی مشکل گرفت

porque era una criatura de forma muy extraña

زیرا موجودی کوچک بسیار عجیب و غریب بود

Y el bebé extendió los brazos y las piernas en todas direcciones

و نوزاد دست ها و پاهایش را از همه جهات دراز کرد

«Será mejor que me lleve a este niño conmigo», pensó Alicia

آلیس فکر کرد» :بهتر است این بچه را با خودم ببرم«

"Seguro que matarán a este bebé en uno o dos días"

"آنها مطمئنا این نوزاد را در یک یا دو روز می کشند"

—¿No sería un asesinato dejar atrás a este bebé?

"آیا این قتل نیست که این بچه را پشت سر بگذاریم؟"

Dijo las últimas palabras en voz alta

او آخرین کلمات را با صدای بلند گفت

Y la cosita gruñó en respuesta

و چیز کوچک در پاسخ غرغر کرد

—Será mejor que no te conviertas en un cerdo, querida —dijo Alicia—

آلیس گفت» :بهتر است خوک نشی، عزیزم«

"o de lo contrario no tendré nada más que ver contigo"

"وگرنه دیگر کاری با تو نخواهم داشت"

Alicia empezaba a pensar para sí misma:

آلیس تازه شروع به فکر کردن با خودش کرده بود:

"Ahora, ¿qué voy a hacer con esta criatura cuando la lleve a casa?"

»حالا، وقتی به خانه می برم، با این موجود چه کار کنم؟«

Pero entonces la pequeña criatura gruñó un poco violentamente

اما بعد موجود کوچک کمی با خشونت غرغر کرد

y Alicia lo miró a la cara con cierta alarma

و آلیس با کمی هشدار به صورتش نگاه کرد

Esta vez no podía haber error al respecto

این بار هیچ اشتباهی در مورد آن وجود نداشت

No era ni más ni menos que un cerdo

نه بیشتر بود و نه کمتر از یک خوک

Así que dejó a la pequeña criatura en el suelo

بنابراین او موجود کوچک را زمین گذاشت

y la pequeña criatura se aleja trotando tranquilamente hacia el bosque

و موجود کوچک بی سر و صدا به داخل جنگل می رود

Alicia se sintió bastante aliviada al ver que la criatura se iba

آلیس از دیدن رفتن این موجود کاملا احساس راحتی کرد

Alicia se sobresaltó un poco al ver al Gato de Cheshire

آلیس با دیدن گربه چشایر کمی مبهوت شد

Estaba sentado en la rama de un árbol a pocos metros de distancia

چند یارد دورتر روی شاخه ای از درختی نشسته بود

El gato solo sonrió cuando la vio

گربه فقط وقتی او را دید پوزخند زد

—Gato de Cheshire —empezó Alicia, bastante tímidamente—

آلیس با ترس شروع کرد» :گربه چشایر«

—¿Podría decirme, por favor, qué camino debo tomar desde aquí?

»لطفا به من بگویید که از اینجا به کدام سمت باید بروم؟«

—En esa dirección —dijo el gato—

گربه گفت" :در آن جهت"

Y agitó la pata derecha

و پنجه سمت راست را به اطراف تکان داد

"En esa dirección vive un fabricante de sombreros"

"در آن جهت یک سازنده کلاه زندگی می کند"

Y entonces el gato agitó su otra pata

و سپس گربه پنجه دیگرش را تکان داد

"Y en esa dirección vive una liebre de marzo"

"و در آن جهت یک خرگوش مارس زندگی می کند"

"Visita a cualquiera de los que quieras; los dos están locos"

"هر کدام را دوست دارید ملاقات کنید . هر دو دیوانه هستند"

—Pero yo no quiero andar entre locos —comentó Alicia—

«آلیس اظهار داشت» :اما من نمی خواهم به میان آدم های دیوانه بروم»

—Oh, no puedes evitarlo —dijo el Gato—

"گربه گفت" :اوه، شما نمی توانید جلوی آن را بگیرید"

"Aquí estamos todos locos"

"همه ما اینجا عصبانی هستیم"

"¿Vas a jugar al croquet con la reina hoy?"

"آیا امروز با ملکه کروکت بازی می کنی؟"

—Me gustaría mucho —dijo Alicia—

«آلیس گفت» :خیلی دوست دارم»

"pero todavía no me han invitado"

"اما من هنوز دعوت نشده ام"

—Allí me verás —dijo el Gato—

«گربه گفت» :مرا آنجا خواهی دید

Y de un momento a otro el gato desapareció

و از یک لحظه به لحظه دیگر گربه ناپدید شد

pronto Alicia llegó a la vista de la casa de la liebre de marzo

به زودی آلیس به خانه خرگوش راهپیمایی رسید

Era una casa muy grande

این خانه بسیار بزرگی بود

así que Alicia no quiso acercarse a la casa

بنابراین آلیس نمی خواست به خانه نزدیک شود

Primero tuvo que mordisquear un poco más del trozo de champiñón del lado izquierdo

ابتدا او مجبور شد مقداری بیشتر از قارچ سمت چپ را گاز بگیرد

Una fiesta de té loca

یک مهمانی چای دیوانه

Delante de la casa había un árbol

جلوی خانه درختی بود

y debajo del árbol había una mesa

و زیر درخت یک میز بود

y la mesa estaba puesta con toda clase de cubiertos

و میز با انواع کارد و چنگال چیده شده بود

La Liebre de Marzo y el Sombrerero estaban sentados a la mesa

خرگوش مارس و کلاه ساز پشت میز بودند

y juntos estaban tomando el té

و با هم در حال نوشیدن چای بودند

Un lirón estaba sentado entre ellos

یک موش در بین آنها نشسته بود

y el lirón se durmió profundamente

و موش بزرگ به خواب رفته بود

La mesa era de un tamaño extraordinario

میز از اندازه فوق العاده ای برخوردار بود

Pero la mayor parte de la mesa estaba desocupada

اما بیشتر میز خالی بود

Se sentaron apiñados en una esquina de la mesa

آنها در گوشه ای از میز با هم شلوغ نشستند

y, sin embargo, se excusaban cuando veían a Alicia

و با این حال با دیدن آلیس بهانه آوردند

"¡No hay espacio! ¡No hay lugar!", gritaron

»جا نیست !جا نیست «!آنها فریاد زدند

-¡Hay sitio de sobra! -exclamó Alicia indignada-

آلیس با عصبانیت گفت« :فضای زیادی وجود دارد«!

En un extremo de la mesa había un gran sillón

در یک انتهای میز یک صندلی راحتی بزرگ قرار داشت

y Alicia se sentó en el sillón

و آلیس خودش روی صندلی راحتی نشست

El sombrerero abrió mucho los ojos

کلاه ساز چشمانش را بسیار باز کرد

No podía creer lo que estaba viendo

او نمی توانست آنچه را که می دید باور کند

Pero su mente tenía curiosidad por otras cosas

اما ذهنش در مورد چیزهای دیگر کنجکاو بود

—¿Por qué un cuervo es como un escritorio?

»چرا کلاغ مانند میز تحریر است؟«

Alicia estaba abierta al reto

آلیس برای این چالش باز بود

"Me alegro de que hayan empezado a hacer adivinanzas"

"خوشحالم که آنها شروع به پرسیدن معما کرده اند"

—Creo que puedo adivinarlo —añadió en voz alta—

او با صدای بلند اضافه کرد" :من معتقدم که می توانم حدس بزنم

La liebre de marzo sintió curiosidad por Alicia

خرگوش راهپیمایی در مورد آلیس کنجکاو شد

"¿De verdad crees que puedes encontrar la respuesta?"

"آیا واقعا فکر می کنی می توانی جواب را پیدا کنی؟"

—Creo que puedo encontrar la respuesta —dijo Alicia—

آلیس گفت» :فکر می کنم واقعا می توانم پاسخ را پیدا کنم

—Entonces deberías decir lo que quieres decir —prosiguió la
liebre de la marcha—

خرگوش راهپیمایی ادامه داد» :پس باید منظورت را بگویی«

—Digo lo que quiero decir —respondió Alicia
apresuradamente—

آلیس با عجله پاسخ داد» :منظورم را می گویم

"por lo menos quiero decir lo que digo"

"حداقل منظورم همان چیزی است که می گویم"

"Es lo mismo, ¿sabes?"

"این همان چیز است، می دانید"

El lirón también contribuyó a la conversación

دورموس نیز به مکالمه کمک کرد

Pero el lirón parecía estar hablando en sueños

اما به نظر می رسید که موش در خواب صحبت می کند

"Respiro cuando duermo"

"وقتی می خوابم نفس می کشم"

"¡Duermo cuando respiro!"

"وقتی نفس می کشم می خوابم"!

"Bien podría decirse que también son lo mismo"

"شما هم می توانید بگویید که آنها هم همینطور هستند"

-A ti te pasa lo mismo -dijo el sombrerero-

کلاه ساز گفت» :در مورد شما هم همینطور است

Y echó un poco de té en la nariz del lirón

و کمی چای روی بینی خوابگاه ریخت ",

El Lirón sacudió la cabeza con impaciencia

موش بی صبرانه سرش را تکان داد

Y volvió a hablar el Lirón, sin abrir los ojos

و دوباره موش پشتی بدون اینکه چشمانش را باز کند صحبت کرد

"Por supuesto, por supuesto que es lo mismo"

"البته، البته که همینطور است"

"eso es justo lo que iba a decir yo mismo"

"این دقیقا همان چیزی است که من خودم می خواستم بگویم"

El sombrerero se volvió hacia Alicia y le hizo otra pregunta

کلاه ساز رو به آلیس کرد و سوال دیگری پرسید

—¿Ya has adivinado el enigma?

»هنوز معما را حدس زده ای؟«

—No, me rindo —concedió Alicia—

آلیس اذعان کرد» :نه، تسلیم می شوم«

"¿Cuál es la respuesta?", quiso saber

"پاسخ چیست؟ "او می خواست بداند

—No tengo la menor idea —dijo el sombrerero—

کلاه ساز گفت" :من کوچکترین ایده ای ندارم

-Ni yo lo sé -dijo la liebre-

خرگوش راهپیمایی گفت» :من هم نمی دانم«

Alicia dio un suspiro de cansancio

آلیس آهی خسته کرد

"Hay mejores usos del tiempo que los enigmas sin respuestas"

"استفاده بهتر از زمان از معماهای بدون پاسخ وجود دارد"

-¡Toma un poco más de té! -dijo la liebre a Alicia, muy seriamente-

خرگوش راهپیمایی با جدیت به آلیس گفت» :کمی چای دیگر بخور

Alicia se sintió bastante ofendida por la oferta

آلیس از این پیشنهاد کاملا آزرده شد

—Todavía no he tomado el té —respondió Alicia—

آلیس پاسخ داد» :من هنوز چای نخورده ام

"por lo tanto, no puedo tomar más té"

"بنابراین دیگر نمی توانم چای بخورم"

—Quieres decir que no puedes tomar menos té —dijo el sombrerero—

کلاه ساز گفت» :منظورت این است که نمی توانی چای کمتری بنوشی«

"Es muy fácil llevarse más que nada"

"گرفتن بیش از هیچ بسیار آسان است"

Al oír esto, Alicia se levantó y se marchó

در این حالت، آلیس بلند شد و رفت

El lirón se durmió al instante

موش دوری فورا به خواب رفت

y ninguno de los otros hizo la menor atención de que ella se fuera

و هیچ یک از دیگران کوچکترین توجهی به رفتن او نکردند

aunque miró hacia atrás una o dos veces

گرچه یکی دو بار به عقب نگاه کرد

Intentaban meter el lirón en la tetera

آنها سعی می کردند موش را در قوری چای بگذارند

-De todos modos, ¡no volveré a ir allí! -dijo Alicia-

آلیس گفت» :به هر حال، دیگر هرگز به آنجا نخواهم رفت«!

Y ella caminó su camino a través del bosque

و او راه خود را از میان جنگل عبور کرد

"Esa fue la fiesta del té más estúpida a la que he ido en mi vida"

"این احمقانه ترین مهمانی چای بود که تا به حال در آن شرکت کرده ام"

Justo cuando dijo esto, notó algo

درست همانطور که این را گفت، متوجه چیزی شد

Uno de los árboles tenía una puerta que daba directamente a él

یکی از درختان دری داشت که مستقیما به آن منتهی می شد

"¡Eso es muy interesante!", pensó

او فکر کرد! "این خیلی جالب است"

"Creo que es mejor que pase por la puerta"

"فکر می کنم بهتر است از در عبور کنم"

Y entró por la puerta

و از در رفت

Una vez más se encontró en el largo pasillo

یک بار دیگر خود را در سالن طولانی یافت

De nuevo estaba cerca de la mesita de cristal

دوباره به میز شیشه ای کوچک نزدیک شد

Ella tomó la pequeña llave de oro

او کلید طلایی کوچک را برداشت

Y abrió la puerta que daba al jardín

و قفل دری را که به باغ منتهی می شد باز کرد

Luego se puso manos a la obra mordisqueando el hongo

سپس او شروع به کار کرد و قارچ را نیش زد

Había guardado un trozo de la seta en el bolsillo

او یک تکه از قارچ را در جیبش نگه داشته بود

Y, por último, medía alrededor de un metro de altura

و بالاخره او حدود یک متر قد داشت

Luego caminó por el pequeño pasillo

سپس در راهرو کوچک قدم زد

Y entonces finalmente se encontró en el hermoso jardín

و سپس بالاخره خود را در باغ زیبا یافت

y ella estaba entre la flor brillante y las fuentes frescas

و او در میان گل های روشن و چشمه های خنک بود

El campo de croquet de la reina

زمین کروکت ملکه

Un gran rosal se alzaba cerca de la entrada del jardín

یک درخت گل رز بزرگ نزدیک ورودی باغ ایستاده بود

Las rosas que crecían en el árbol eran blancas

گل های رز که روی درخت رشد می کردند سفید بودند

Pero había tres jardineros pintando la rosa

اما سه باغبان بودند که گل رز را نقاشی می کردند

Estaban ocupados pintando las rosas de rojo

آنها مشغول رنگ آمیزی گل رز به رنگ قرمز بودند

y Alicia los miraba pintar las rosas de rojo

و آلیس آنها را تماشا می کرد که گل های رز را قرمز رنگ می کردند

y de repente sus ojos se posaron por casualidad en Alicia

و ناگهان چشمانشان به آلیس افتاد

Alicia habló un poco tímidamente

آلیس کمی ترسو صحبت کرد

—¿Podría decírmelo, por favor?

»لطفا به من بگویید«.

"¿Por qué están pintando todas esas rosas?"

"چرا همه آن گل های رز را نقاشی می کنید؟"

Cinco y siete no dijeron nada, pero miraron a dos

پنج و هفت چیزی نگفتند، اما به دو نفر نگاه کردند

Dos hablaron, en voz baja

دو نفر با صدای آهسته صحبت کردند

"Vaya, el hecho es que ya lo ve, señora"

"چرا، واقعیت این است که می بینید، خانم"

"Esto de aquí debería haber sido un rosal rojo"

"این اینجا باید یک درخت گل رز قرمز باشد"

"Y pusimos un rosal blanco por error"

"و ما به اشتباه یک درخت گل رز سفید گذاشتیم"

"Como estarás de acuerdo, la Reina no debe enterarse"

"همانطور که موافق هستید، ملکه نباید بفهمد"

"De lo contrario, nos cortarían la cabeza a todos"

"در غیر این صورت همه ما سرمان را قطع می کردیم"

"Así que ya ve, señora, estamos haciendo lo mejor que podemos"

"پس می بینید، خانم، ما تمام تلاش خود را می کنیم"

La Carta Cinco había estado mirando ansiosamente a través del jardín

کارت پنج با نگرانی به آن سوی باغ نگاه می کرد

En ese momento, la carta cinco gritó: "¡La reina! ¡La reina!"

در این لحظه کارت پنج صدا زد" :ملکه !ملکه"!

Y los tres jardineros se escabulleron al instante

و سه باغبان فورا فرار کردند

Y se arrojaron de bruces

و خود را به صورت خود انداختند

Se oyó el sonido de muchos pasos

صدای قدم های زیادی شنیده می شد

Alicia miró a su alrededor, ansiosa por ver a la reina

آلیس به اطراف نگاه کرد و مشتاق دیدن ملکه بود

Al comienzo de la procesión había diez soldados

در ابتدای راهپیمایی ده سرباز حضور داشتند

Sus manos y pies estaban en las esquinas

دست و پاهایشان در گوشه ها بود

y en sus manos y pies había garrotes

و در دست و پاهایشان چماق بود

Luego vinieron los diez cortesanos

بعد از آن ده دربار آمدند

Los cortesanos estaban adornados con diamantes

درباریان همه جا را با الماس تزئین کرده بودند

Después de los cortesanos venían los hijos reales

پس از درباریان، فرزندان سلطنتی آمدند

Eran diez los hijos de la realeza

ده نفر از فرزندان سلطنتی بودند

y todos los niños reales estaban adornados con corazones

و همه فرزندان سلطنتی با قلب آراسته شدند

Luego vinieron los invitados; en su mayoría reyes y reinas

بعد مهمانان آمدند .بیشتر پادشاهان و ملکه ها

y entre los reyes y la reina, Alicia vio a alguien

و در میان پادشاهان و ملکه، آلیس کسی را دید

Volvió a ver al conejo blanco que había perseguido

او دوباره خرگوش سفیدی را که تعقیب کرده بود دید

La procesión fue seguida por la sota de los corazones

راهپیمایی با چنگال قلب ها دنبال شد

Llevaba la corona del rey

او تاج پادشاه را حمل می کرد

y la corona del rey estaba sobre un cojín de terciopelo carmesí

و تاج پادشاه بر روی یک کوسن مخملی زرشکی بود

Y entonces llegó el final de esta gran procesión

و سپس پایان این راهپیمایی بزرگ فرا رسید

Y allí, al final, estaban el Rey y la Reina de Corazones

و در پایان پادشاه و ملکه قلب ها بودند

la procesión venía frente a Alicia

راهپیمایی روبروی آلیس آمد

Y todos se detuvieron y la miraron

و همه ایستادند و به او نگاه کردند

Y la reina dijo severamente: "¿Quién es éste?"

و ملکه به شدت گفت: »این کیست؟«

Se lo dijo a la Sota de Corazones

او این را به Knave of Hearts گفت

Pero él se limitó a hacer una reverencia y a sonreír en respuesta

اما او فقط تعظیم کرد و در پاسخ لبخند زد

Alicia habló muy cortésmente

آلیس بسیار مودبانه صحبت کرد

"Mi nombre es Alicia, así que por favor, su majestad"

"اسم من آلیس است، پس اعلیحضرت را لطفا"

Pero ella tenía otros pensamientos para sí misma

اما او افکار دیگری با خودش داشت

"¡Después de todo, son solo un mazo de cartas!"

»بالاخره آنها فقط یک بسته کارت هستند«

"¿Sabes jugar al croquet?", gritó la reina

ملکه فریاد زد: »می توانی کروکت بازی کنی؟«

Era evidente que la pregunta iba dirigida a Alicia

این سوال آشکارا برای آلیس در نظر گرفته شده بود

-¡Sí! -dijo Alicia en voz alta-

»بله!« آلیس با صدای بلند گفت

—¡Ven a jugar! —rugió la reina—

ملکه غرش کرد» :پس بیا بازی کن«!
una voz tímida le habló a Alicia

صدایی ترسو با آلیس صحبت کرد

"¡Es un día muy hermoso!"

"روز بسیار خوبی است"!

Caminaba junto al conejo blanco

او در کنار خرگوش سفید راه می رفت

y el Conejo Blanco la miraba ansiosamente a la cara

و خرگوش سفید با نگرانی به صورتش نگاه می کرد

—Un día muy bueno —confirmó Alicia—

آلیس تأیید کرد» :واقعا روز بسیار خوبی است

—¿Dónde está la duquesa?

"دوشس کجاست؟"

"¡Silencio! ¡Silencio!", dijo el Conejo

"خفه شو إخفه شو «إخرگوش گفت

"Está condenada a muerte"

"او تحت حکم اعدام است"

—¿Por qué la ejecutan? —preguntó Alicia

آلیس پرسید» :او به خاطر چه اعدام می شود؟«

—Le ha rayado las orejas a la reina —empezó a decir el conejo—

خرگوش شروع کرد» :او گوش های ملکه را خراشید«

—gritó la Reina con voz de trueno—

ملکه با صدای رعد و برق فریاد زد

"¡Vayan a sus lugares!"

"به جای خودت برو"!

Y la gente empezó a correr en todas direcciones

و مردم شروع به دویدن در همه جهات کردند

y todos tropezaron unos con otros

و همه آنها در مقابل یکدیگر افتادند

Sin embargo, se calmaron en uno o dos minutos

با این حال، آنها در یک یا دو دقیقه مستقر شدند

Y entonces comenzó el juego

و سپس بازی شروع شد

Alicia nunca había visto un campo de croquet tan curioso

آلیس هرگز چنین زمین کروکت کنجکاوی را ندیده بود

La hierba era todo crestas y surcos

چمن ها همه برجستگی ها و شیارها بودند

Las bolas de croquet eran erizos de verdad

توپ های کروکت جوجه تیغی واقعی بودند

y los mazos eran flamencos de verdad

و پتک ها فلامینگوهای واقعی بودند

Y los soldados se pusieron de pie sobre sus manos y sus pies

و سربازان روی دست و پای خود ایستاده بودند

porque los arcos estaban hechos de sus cuerpos

زیرا طاق ها از بدن آنها ساخته شده بود

Todos los jugadores jugaron a la vez

بازیکنان همه به یکباره بازی کردند

Nadie esperó su turno

هیچ منتظر نوبت آنها نبود

y todos se peleaban con todos

و همه با همه دعوا کردند

y todos luchaban por los erizos

و همه برای جوجه تیغی ها می جنگیدند

Pronto la reina se vio presa de una furiosa pasión

به زودی ملکه در شور و شوق خشمگینی قرار گرفت

Y empezó a patalear y a gritar

و او شروع به مهر زدن و فریاد زدن کرد

"¡Córtale la cabeza!"

"سرش را ببرید"!

"¡Córtale la cabeza!"

"سرش را ببر"!

"¡Córtale la cabeza a todos!"

"همه سرشان را ببرید"!

De nuevo Alicia pensó para sí misma

دوباره آلیس با خودش فکر کرد

"Son terriblemente aficionados a decapitar a la gente aquí"

"آنها به طرز وحشتناکی علاقه مند به گردن زدن مردم در اینجا هستند"

"¡La gran maravilla es que quede alguien vivo!"

"شگفتی بزرگ این است که کسی زنده مانده است"!

Buscaba alguna vía de escape

او به دنبال راهی برای فرار بود

Notó una curiosa apariencia en el aire

او متوجه ظاهری عجیب در هوا شد

«Es el gato de Cheshire», se dijo a sí misma

با خودش گفت» :این گربه چشایر است

"Ahora tendré a alguien con quien hablar"

"حالا باید کسی را داشته باشم که با او صحبت کنم"

—¿Cómo te va? —preguntó el gato

گربه گفت» :چطور کار می کنی؟«

—No creo que jueguen nada limpio —dijo Alicia—

آلیس گفت" :من فکر نمی کنم آنها اصلا منصفانه بازی کنند

Y tenía un tono bastante quejumbroso

و لحن نسبتا شکایتی داشت

"Todos se pelean tan terriblemente"

"همه آنها به طرز وحشتناکی با هم دعوا می کنند"

"Uno no se oye hablar"

"آدم نمی تواند صدای خود را بشنود"

"Y no parecen jugar con ninguna regla"

"و به نظر نمی رسد که آنها با هیچ قانونی بازی کنند"

el gato le hizo una pregunta a Alicia en voz baja

گربه با صدای آهسته از آلیس سوالی پرسید

—¿Qué te parece la reina?

"ملکه را چطور دوست داری؟"

—No me gusta nada —dijo Alicia—

آلیس گفت» :من اصلا او را دوست ندارم«

Alicia pensó que sería mejor que volviera

آلیس فکر کرد که بهتر است برگردد

Quería ver cómo iba el partido

او می خواست ببیند بازی چگونه پیش می رود

Se fue en busca de su erizo

او به دنبال جوجه تیغی خود رفت

El erizo estaba ocupado luchando contra otro erizo

جوجه تیغی مشغول مبارزه با جوجه تیغی دیگری بود

Esta fue una excelente oportunidad

این یک فرصت عالی بود

Podía hacer croquet a un erizo con el otro

او می توانست یک جوجه تیغی را با دیگری کروکت کند

Pero su flamenco estaba al otro lado del jardín

اما فلامینگوی او در آن طرف باغ بود

El flamenco era bastante torpe

فلامینگو نسبتا دست و پا چلفتی بود

Su flamenco intentaba volar hacia un árbol

فلامینگو او سعی داشت به سمت درختی پرواز کند

Atrapó al flamenco por la pierna

او فلامینگو را از پا گرفت

Y guardó el flamenco bajo el brazo

و فلامینگو را زیر بغلش جمع کرد

De esa manera, el flamenco no pudo escapar de nuevo

به این ترتیب فلامینگو دیگر نمی توانست فرار کند

Justo en ese momento Alicia se encontró con la duquesa

درست در آن زمان آلیس به طور اتفاقی دوشس را ملاقات کرد

La duquesa ya había salido de la cárcel

دوشس اکنون از زندان خارج شده بود

Metió cariñosamente su brazo bajo el brazo de Alicia

او با محبت بازویش را زیر بازوی آلیس فرو کرد

Y luego se fueron juntos

و سپس با هم راه رفتند

Alicia se alegró mucho de encontrarla de tan buen humor

آلیس بسیار خوشحال بود که او را در چنین خلق و خوی دلپذیری یافت

Sin embargo, estaba un poco asustada

با این حال، او کمی مبهوت شده بود

Oyó la voz de la duquesa cerca de su oído

او صدای دوشس را نزدیک گوشش شنید

"Estás pensando en algo, querida"

"داری به چیزی فکر می کنی، عزیزم"

"Y eso hace que te olvides de hablar"

"و این باعث می شود صحبت کردن را فراموش کنید"

—El juego va bastante mejor ahora —dijo Alicia—

آلیس گفت" :بازی اکنون نسبتا بهتر پیش می رود

Era una forma de mantener la conversación

این یکی از راه های ادامه مکالمه بود

-Así es -dijo la duquesa-

دوشس گفت» :واقعا همینطور است

"Y la moraleja de eso es esta:"

"و اخلاق آن این است":

"¡Es el amor el que lo hace todo!"

"این عشق است که همه کارها را انجام می دهد"!

"El amor es lo que hace que el mundo gire"

"عشق چیزی است که دنیا را به دور خود می چرخاند"

Alicia tenía otra explicación

آلیس توضیح دیگری داشت

"¡Lo hace todo el mundo ocupándose de sus propios asuntos!"

"این توسط هر کسی انجام می شود که به کار خود فکر می کند"!

—¡Ah, bueno! Podrías tener razón"

»آه، خوب إمی توانید حق با شماست"

-Todo significa lo mismo -dijo la duquesa-

دوشس گفت» :همه اینها تقریبا یک معنی دارند

y hundió su afilada barbilla en el hombro de Alicia

و چانه کوچک تیزش را در شانه آلیس فرو کرد

"Y la moraleja de eso es esta"

"و اخلاق آن این است"

"Cuida el sentido"

"مراقب حس باشید"

"Y entonces los sonidos se encargarán de sí mismos"

"و سپس صداها از خود مراقبت می کنند"

Pero entonces el brazo de la duquesa empezó a temblar

اما پس از آن بازوی دوشس شروع به لرزیدن کرد

Alicia alzó la vista y allí estaba la reina

آلیس به بالا نگاه کرد و ملکه آنجا ایستاده بود

La reina tenía los brazos cruzados

ملکه دستانش را جمع کرده بود

¡Y ella fruncía el ceño como una tormenta eléctrica!

و مثل رعد و برق اخم می کرد!

—Te advierto —gritó la reina—

ملکه فریاد زد» :من به شما هشدار منصفانه می دهم

Y pisoteó el suelo mientras hablaba

و در حالی که صحبت می کرد روی زمین لگد زد

"O tu cabeza o la suya deben estar cortadas"

"یا سر یا سرش باید از بین رفته باشد"

"¡Toma tu decisión!"

"انتخاب خود را انجام دهید"!

"Y ser rápido al respecto"

"و در مورد آن سریع باشید"

La duquesa hizo su elección

دوشس انتخاب خود را انجام داد

Y al cabo de un instante la duquesa se fue

و در عرض یک لحظه دوشس رفت

Entonces la reina le habló a Alicia

سپس ملکه با آلیس صحبت کرد

"Sigamos con el juego"

"بیایید به بازی ادامه دهیم"

Alicia estaba demasiado asustada para decir una palabra

آلیس آنقدر ترسیده بود که نمی توانست کلمه ای بگوید

Y la siguió lentamente hasta el campo de croquet

و او به آرامی او را به سمت زمین کروکت دنبال کرد

Todo el tiempo la Reina se peleó con los otros jugadores

در تمام مدت ملکه با سایر بازیکنان دعوا می کرد

"¡Córtale la cabeza!"

"سرش را ببرید"!

"¡Córtale la cabeza!"

"سرش را ببر"!

"¡Córtale la cabeza a todos!"

"همه سرشان را ببرید"!

Pronto todos los jugadores estaban bajo custodia

به زودی همه بازیکنان بازداشت شدند

solo quedaron el rey, la reina y Alicia

فقط پادشاه، ملکه و آلیس باقی ماندند

Entonces la reina se marchó, casi sin aliento

سپس ملکه رفت، کاملا نفس نمی کشید

y se fue con Alicia

و او با آلیس رفت

Alicia oyó que el rey decía algo en voz baja

آلیس شنید که پادشاه بی سر و صدا چیزی می گوید

"Estáis todos perdonados"

"همه شما بخشیده شده اید"

Pero de repente se oyó otro grito

اما ناگهان فریاد دیگری شنیده شد

"¡El juicio está comenzando!"

»محاکمه شروع می شود«!

y Alicia corrió con los demás

و آلیس با دیگران دوید

¿Quién robó las tartas?

چه کسی تارت ها را دزدید؟

El rey y la reina de corazones estaban sentados

پادشاه و ملکه قلب ها نشسته بودند

estaban en su trono cuando llegó Alicia

آنها بر تخت سلطنت خود بودند که آلیس وارد شد

Había una gran multitud reunida a su alrededor

جمعیت زیادی دور آنها جمع شده بودند

Había todo tipo de pajaritos y bestias

انواع پرندگان و جانوران کوچک وجود داشت

Y allí estaba toda la baraja de cartas

و کل بسته کارت ها وجود داشت

La sota estaba de pie frente a ellos, encadenada

چاقو در مقابل آنها ایستاده بود، زنجیر

y había un soldado a cada lado para custodiarlo

و در هر طرف یک سرباز برای محافظت از او وجود داشت

cerca del Rey estaba el conejo blanco

نزدیک پادشاه خرگوش سفید بود

Tenía una trompeta en una mano

او یک ترومپت در یک دست داشت

y tenía un rollo de pergamino en la otra mano

و او یک طومار پوست در دست دیگر داشت

En el centro del patio había una mesa

در وسط زمین یک میز بود

Sobre la mesa había un gran plato de tartas

روی میز یک ظرف بزرگ تارت بود

«Ojalá hicieran el juicio», pensó Alicia

آلیس فکر کرد» :ای کاش آنها محاکمه را انجام می دادند

—¡Entonces podríamos comer algunos de esos refrescos!

"سپس می توانیم مقداری از آن نوشیدنی ها را بخوریم"!

El juez, por cierto, era el rey

به هر حال، قاضی، پادشاه بود

y llevaba su corona sobre su gran peluca

و تاج خود را بر روی کلاه گیس بزرگش بر سر گذاشت

«Ésa es la tribuna del jurado», pensó Alicia

آلیس فکر کرد» :این جعبه هیئت منصفه است

"Y esas doce criaturas, supongo que son los miembros del jurado"

"و آن دوازده موجود، فکر می کنم آنها هیئت منصفه هستند"

algunos eran animales y otros eran pájaros

برخی حیوان و برخی پرنده بودند

En ese momento el conejo blanco gritó

درست در همان لحظه خرگوش سفید فریاد زد

"¡Silencio en la corte!"

"سکوت در دادگاه"!

"¡Heraldo, lee la acusación!", dijo el rey

پادشاه گفت» :مناد، اتهام را بخوانید«!

El Conejo Blanco tocó tres veces la trompeta

خرگوش سفید سه انفجار در شیپور زد

Luego desenrolló el rollo de pergamino

سپس طومار پوست را باز کرد

Y leyó lo siguiente:

و او به شرح زیر خواند:

"La reina de corazones, hizo unas tartas"

"ملکه قلب ها، او چند تارت درست کرد،"

"Todo esto lo hizo en un día de verano"

"همه این کارها را او در یک روز تابستانی انجام داد"

"La sota de los corazones, robó esas tartas"

"چاقوی قلب ها، او آن تارت ها را دزدید"

—¡Y se llevó esas tartas muy lejos!

"و او آن تارت ها را دور برد"!

—Llama al primer testigo —dijo el rey—

پادشاه گفت» :اولین شاهد را فرا بخوان

y el conejo blanco tocó tres veces la trompeta

و خرگوش سفید سه انفجار در شیپور زد

"¡Traigan al primer testigo!", gritó

او فریاد زد» :اولین شاهد را بیاورید«!

El primer testigo fue el sombrerero

اولین شاهد کلاه ساز بود

Entró con una taza de té en una mano

او با یک فنجان چای در یک دست وارد شد

Y tenía un pedazo de pan con mantequilla en la otra mano

و او یک تکه نان و کره در دست دیگر داشت

—Tendrías que haber terminado —dijo el rey—

پادشاه گفت» :تو باید تمام می کردی

—¿Cuándo empezaste?

"از کی شروع کردی؟"

El sombrerero miró a la liebre de marcha

کلاه ساز به خرگوش راهپیمایی نگاه کرد

La Liebre de Marzo lo había seguido hasta el patio

خرگوش راهپیمایی او را تا دربار تعقیب کرده بود

Había caminado del brazo del lirón

او دست در دست موش راه رفته بود

—El catorce de marzo, creo que fue —dijo—

او گفت» :فکر می کنم چهاردهم مارس بود

—Da tu testimonio —dijo el rey—

پادشاه گفت» :شواهد خود را بدهید

"Y no te pongas nervioso, o te haré ejecutar en el acto"

"و عصبی نباش، وگرنه شما را در همان جا اعدام می کنم"

Esto no pareció animar en absoluto al testigo

به نظر نمی رسید که این اصلا شاهد را تشویق کند

Seguía moviéndose de un pie al otro

او مدام از یک پا به پای دیگر جابجا می شد

Y miró inquieto a la reina

و با ناراحتی به ملکه نگاه کرد

Y, en su confusión, mordió un gran trozo de su taza de té

و در سردرگمی خود، یک تکه بزرگ از فنجان چای خود را گاز گرفت

En realidad, tenía la intención de morder de su pan y
mantequilla

واقعا او قصد داشت نان و کره اش را گاز بگیرد

Justo en ese momento, Alicia sintió una sensación muy
curiosa

درست در این لحظه آلیس احساس بسیار عجیبی را احساس کرد

Empezaba a crecer de nuevo

او داشت دوباره بزرگتر می شد

Al miserable sombrerero se le cayó la taza de té

کلاه ساز بدبخت فنجان چای خود را انداخت

y el pan y la mantequilla cayeron al suelo

و نان و کره روی زمین افتاد

Y cayó sobre una rodilla

و روی یک زانو فرود آمد

—Soy un pobre hombre, majestad —comenzó—

او شروع کرد» :من یک مرد فقیر هستم، اعلیحضرت«

—Eres un orador muy malo —dijo el rey—

پادشاه گفت» :تو سخنران بسیار ضعیفی هستی

—Puedes irte —dijo el rey—

پادشاه گفت» :می توانی بروی«

Y el sombrerero abandonó apresuradamente el patio

و کلاه ساز با عجله زمین را ترک کرد

—¡Llama al próximo testigo! —dijo el rey—

پادشاه گفت» :شاهد بعدی را فرا بخوان«!

El siguiente testigo fue el cocinero de la duquesa

شاهد بعدی آشپز دوشس بود

Llevaba la caja de pimienta en la mano

جعبه فلفل را در دست گرفت

Y la gente que estaba cerca de la puerta empezó a estornudar de repente

و افراد نزدیک در به یکباره شروع به عطسه کردند

—Da tu testimonio —dijo el rey—

پادشاه گفت» :شواهد خود را بدهید

-No daré ninguna prueba -dijo el cocinero-

آشپز گفت» :من هیچ مدرکی نمی دهم

El rey miró ansiosamente al conejo blanco

پادشاه با نگرانی به خرگوش سفید نگاه کرد

Y el conejo blanco habló en voz baja

و خرگوش سفید با صدایی آرام صحبت کرد

"Su Majestad debe interrogar a este testigo"

"اعلیحضرت باید از این شاهد بازجویی کنید"

"Bueno, si debo, debo", dijo el rey

پادشاه گفت» :خوب، اگر مجبور باشم، باید

"¿De qué están hechas las tartas?"

"تارت از چه چیزی ساخته شده است؟"

—Las tartas están hechas de pimienta, en su mayoría —dijo el cocinero—

آشپز گفت» :تارت ها بیشتر از فلفل درست می شوند

Durante algunos minutos, toda la corte estuvo en confusión

برای چند دقیقه کل دادگاه سردرگم بود

Con el tiempo, todos se calmaron de nuevo

سرانجام همه آنها دوباره مستقر شدند

Pero para entonces el cocinero había desaparecido

اما در آن زمان آشپز ناپدید شده بود

"¡No importa!", dijo el rey

پادشاه گفت» :مهم نیست«!

"Llamar al estrado al próximo testigo"

"شاهد بعدی را به جایگاه فرا بخوان"

Alicia observó al conejo blanco mientras él repasaba a tientas la lista

آلیس خرگوش سفید را در حالی که روی لیست دست و پا می زد می تماشا

Puedes imaginar su sorpresa por lo que escuchó a continuación

می توانید تعجب او را از آنچه بعد شنید تصور کنید

con su vocecita estridente, llamó el nombre de «¡Alicia!»

با صدای کوچک تند و تیز خود، نام" آلیس "را صدا زد!

-¡Aquí! -exclamó Alicia-

آلیس فریاد زد» :اینجا«!

Se levantó de un salto a toda prisa

او با عجله زیادی از جا پرید

Y volcó el estrado del jurado

و او جعبه هیئت منصفه را واژگون کرد

y derribó a todos los miembros del jurado

و او همه اعضای هیئت منصفه را از بین برد

y cayeron sobre las cabezas de la muchedumbre de abajo

و آنها روی سر جمعیت پایین افتادند

Alicia estaba muy consternada

آلیس بسیار ناراحت بود

"¡Oh, le ruego que me perdone!", exclamó

"اوه، من از شما عذرخواهی می کنم "!او فریاد زد

—El juicio no puede continuar —dijo el rey—

پادشاه گفت» :محاکمه نمی تواند ادامه یابد

"Los miembros del jurado deben volver a ocupar su lugar"

"هیئت منصفه باید به جای مناسب خود بازگردند"

Repitió la orden con gran énfasis

او دستور را با تأکید زیاد تکرار کرد

y miró a Alicia con severidad

و او با جدیت به آلیس نگاه کرد

—¿Qué sabe usted de estos acontecimientos? —preguntó el rey a Alicia

پادشاه از آلیس پرسید» :از این وقایع چه می دانید؟«

—No sé nada sobre el tema —dijo Alicia—

آلیس گفت» :من چیزی در این مورد نمی دانم

Entonces el rey leyó de su libro

سپس پادشاه از کتاب خود خواند

"Regla cuarenta y dos"

"قانون چهل و دو"

"Todas las personas que tengan más de una milla de altura deben abandonar el tribunal"

"همه افرادی که بیش از یک مایل ارتفاع دارند باید دادگاه را ترک کنند"

—No mido ni una milla de altura —dijo Alicia—

آلیس گفت" :من یک مایل ارتفاع ندارم

—Casi dos millas de altura —dijo la Reina—

ملکه گفت» :نزدیک به دو مایل ارتفاع«

—Bueno, me niego a ir —dijo Alicia—

آلیس گفت» :خوب، من از رفتن امتناع می کنم

El rey palideció

پادشاه رنگ پریده شد

Y cerró apresuradamente su cuaderno de notas

و دفترچه یادداشت خود را با عجله بست

"Consideren su veredicto", le dijo al jurado

او به هیئت منصفه گفت" :حکم خود را در نظر بگیرید

Habló en voz baja y temblorosa

او با صدایی آهسته و لرزان صحبت کرد

Entonces habló el conejo blanco

سپس خرگوش سفید صحبت کرد

"Todavía hay más pruebas por venir"

"هنوز شواهد بیشتری در راه است"

Y se levantó de un salto a toda prisa

و با عجله زیادی از جا پرید

"Este papel acaba de ser recogido"

"این مقاله به تازگی برداشته شده است"

"Parece ser una carta escrita por el prisionero"

"به نظر می رسد نامه ای است که توسط زندانی نوشته شده است"

Desdobló el papel mientras hablaba

او در حین صحبت کاغذ را باز کرد

"Al fin y al cabo, no es una carta"

"بالاخره این یک نامه نیست"

"Lo que era era un conjunto de versos"

"آنچه بود مجموعه ای از آیات بود"

—Por favor, majestad —dijo el bribón—

»چاقو گفت: خواهش می کنم، اعلیحضرت«

"Yo no escribí esos versos"

"من آن ابیات را ننوشتم"

"y no pueden probar que yo escribí nada"

"و آنها نمی توانند ثابت کنند که من چیزی نوشته ام"

"No hay ningún nombre firmado al final"

"در انتها هیچ نامی امضا نشده است"

El rey le habló a la sota

پادشاه با چاقو صحبت کرد

"Debes haber tenido la intención de causar algún daño"

"حتما قصد ایجاد شیطنت را داشته باشی"

"De lo contrario, habrías firmado con tu nombre como un hombre honrado"

"در غیر این صورت شما نام خود را مانند یک مرد صادق امضا می کردید"

Hubo un aplauso general

کف زدن کلی شنیده شد

Y el rey se volvió hacia el conejo blanco

و پادشاه رو به خرگوش سفید کرد

—Lee los versos —ordenó—

»او دستور داد: آیات را بخوانید«

Hubo un silencio sepulcral en la corte

سکوت مرگباری در دادگاه حاکم بود

Y el conejo blanco leyó los versos

و خرگوش سفید آیات را خواند

Me dijeron que habías estado con ella

آنها به من گفتند که تو پیش او رفته ای

Y me mencionaron a él

و آنها مرا به او گفتند

Ella me dio un buen carácter

او به من شخصیت خوبی داد

Pero ella dijo que yo no sabía nadar

اما او گفت که من نمی توانم شنا کنم

Les mandó decir que yo no había ido

او به آنها خبر داد که من نرفته ام

Sabemos que es verdad

ما می دانیم که درست است

Si ella insistiera en el asunto, ¿qué sería de ti?

اگر او این موضوع را ادامه دهد، چه بر سر شما می آید؟

Yo le di uno, ellos le dieron dos

من یکی به او دادم، آنها به او دو تا دادند

Nos diste tres o más

تو سه یا بیشتر به ما دادی

Todos volvieron de él a ti

همه از او نزد تو بازگشتند

aunque antes eran míos

اگرچه آنها قبلا مال من بودند

Si yo o ella tuviéramos la oportunidad de serlo

اگر من یا او باید شانس داشته باشم

Si yo o ella estuviéramos involucrados en este asunto

اگر من یا او در این ماجرا دخیل بودیم

Él confía en ti para liberarlos

او به شما اعتماد دارد که آنها را آزاد کنید

Exactamente como estábamos

دقیقا همانطور که ما بودیم

Mi idea era que tú habías sido

تصور من این بود که تو

Antes de que ella tuviera este ataque

قبل از اینکه او این تناسب را داشته باشد

Un obstáculo que se interpuso entre

مانعی که بین

A Él, y a nosotros mismos, y a

او، و خودمان، و آن

No le dejes saber que a ella le gustaban más

اجازه ندهید بداند که آنها را بیشتر دوست دارد

Porque esto debe ser para siempre un secreto, guardado de todos los demás

زیرا این باید برای همیشه یک راز باشد و از بقیه پنهان بماند

Este secreto debe seguir siendo un secreto entre tú y yo

این راز باید بین من و تو مخفی باقی بماند

El rey quedó muy impresionado

پادشاه بسیار تحت تأثیر قرار گرفت

"Esa es la prueba más importante que hemos escuchado hasta ahora"

"این مهمترین مدرکی است که تاکنون شنیده ایم"

—No creo que esos versos tengan un átomo de significado —objetó Alicia—

آلیس اعتراض کرد» :من معتقد نیستم که آن آیات ذره ای از معنا را حمل می کنند

el rey tenía su propia opinión al respecto

پادشاه نظر خود را در این مورد داشت

"Si no hay significado en esas palabras, eso salva un mundo de problemas"

"اگر معنایی در این کلمات وجود نداشته باشد، دنیایی از دردسر را نجات می دهد"

"Entonces no necesitamos tratar de encontrar el significado"

"پس لازم نیست سعی کنیم معنی را پیدا کنیم"

"Que el jurado considere su veredicto"

"بگذارید هیئت منصفه حکم خود را بررسی کند"

-¡No, no! -dijo la reina-

ملکه گفت» :نه، نه«!

"Primero la sentencia y después el veredicto"

"اول محکومیت ـ بعد از آن"

-¡Tonterías y tonterías! -exclamó Alicia en voz alta-

"چیزها و مزخرفات "!آلیس با صدای بلند گفت

"¡Qué tontería es sentenciar al acusado primero!"

»چقدر احمقانه است که اول متهم را محکوم کنیم«!

—¡Cállate la lengua! —dijo la reina, poniéndose morada—

ملکه گفت: «زبانت را نگه دار»!

-¡No me callaré! -exclamó Alicia-

آلیس گفت: «من زبانم را نگه نمی دارم»!

—gritó la Reina a voz en cuello—

ملکه با صدای بلند فریاد زد

"¡Córtale la cabeza!"

"سرش را قطع کن"!

Nadie hizo un movimiento

هیچ حرکتی انجام نداد

-¿A quién le importa lo que digas? -dijo Alicia-

آلیس گفت: «چه کسی اهمیت می دهد که چه می گویی»؟

Para entonces ya había crecido hasta alcanzar su tamaño completo

او در این زمان به اندازه کامل خود رسیده بود

"¡No eres más que un mazo de cartas!"

"تو چیزی جز یک بسته کارت نیستی"!

Al oír esto, todas las cartas se alzaron en el aire

در این حالت، همه کارت ها در هوا بلند شدند

Y todas las cartas cayeron volando sobre ella

و همه کارت ها روی او به پرواز درآمدند

Ella dio un pequeño grito

او کمی جیغ زد

Estaba medio asustada, pero también enojada

او نیمه ترسیده بود، اما در عین حال عصبانی بود

Y trató de quitarse las cartas de encima

و سعی کرد با کارت ها از خودش بجنگد

Y entonces se encontró tendida en el banco de hierba

و سپس خود را روی ساحل چمن دراز کشیده دید

Su cabeza estaba en el regazo de su hermana

سرش در دامان خواهرش بود

Algunas hojas muertas habían caído en su cara

چند برگ مرده روی صورتش فرود آمده بود

Y su hermana estaba cepillando suavemente las hojas

و خواهرش به آرامی برگ ها را پاک می کرد

-¡Despierta, querida Alicia! -dijo su hermana-

خواهرش گفت» :بیدار شو، آلیس عزیزم«!

—¡Qué sueño tan largo has tenido!

"چه خواب طولانی داشتی"!

-¡Oh, he tenido un sueño tan curioso! -exclamó Alicia-

آلیس گفت» :اوه، من چنین رویای عجیبی دیده ام«!

Y le contó a su hermana todo lo que podía recordar

و او هر آنچه را که به یاد می آورد به خواهرش گفت

todas las extrañas aventuras sobre las que acabas de leer

تمام ماجراهای عجیبی که به تازگی در مورد آنها خوانده اید

Alicia se levantó y salió corriendo

آلیس بلند شد و فرار کرد

Y pensó, mientras corría, en su sueño

و در حالی که می دوید، به رویای خود فکر کرد

—¡Qué sueño tan maravilloso había sido!

"چه رویای شگفت انگیزی بود"!

www.ingramcontent.com/pod-product-compliance
Lightning Source LLC
Chambersburg PA
CBHW011049190726
48290CB00011B/3070